絶対、最強の恋のうた

中村 航

絶対、最強の恋のうた

中村 航

装幀　川村哲司
装画　宮尾和孝

もくじ

その一、スクランブル 5
その二、突き抜けろ 25
その三、春休み 111
その四、最強の恋のうた 137
その五、富士に至れ 203

その一、スクランブル

大学の試験に受かって、やっと春が来たと思った。

浪人生活を終えた僕らは、祝賀会で勝ちどきのような声を上げた。ある者は吠《ほ》えるように声を出し、ある者は上半身の服を脱ぎ捨て、ある者は泣きだしたりした。

予備校の事務員はもうずっと満面の笑みで、良かった、良かった、と声をかけてくれたし、拍手やねぎらいの言葉も止《や》まなかった。僕らは講師やチューターと握手をし、大して仲よくなかった顔見知りとハイタッチし、そのあと歌ったりした。

何だか大げさだな、と思ったけど、そんな魔法にかかったような夜だった。つまり僕らは飢えていたんだと思う。自分でも気付いていなかったけど、この一年間、感動や感激というものに飢えていたんだと思う。

やがて祝賀会が終わっても、僕らは予備校の教室に居残り、語り合い続けた。人数は徐々に減っていったけど、それでも三十人くらいはずっと残っていた。

夜も遅くなり、予備校の電気も消えた。僕らは警備員に促され、外に出た。

名残惜しい気持ちと、満足した心を半分ずつ抱《かか》えながら、僕らはばらばらと解散していった。ある者は自転車で家へ、またある者は徒歩で駅へ。

だけどそのとき、僕らの間を伝《つた》うメッセージがあった。

——川に集まれ。　——まだ何かあるやつは川原に集まれ。

伝言はするすると流れ、風のように素速く広まった。

川は予備校の裏手を少し歩いたところにあった。地理の教科書に出てくるような大きな川で、この地方都市の真ん中をゆっくりと流れていた。

晴れた午後、何もすることがないときは、そこで時間を過ごすことがあった。暑すぎる日には、裸になって泳いでしまう人間もいた。また、予備校内で愛を育《はぐく》んだ者たち（すごく稀《まれ》だけど）は、時にそこで愛を語らった。

——川に集まれ。　——まだ何かあるやつは川原に集まれ。

まだ何かあるか？　と問われても別になかった。だけど全く何もないわけではないな、とも思った。

気持ちを支配していたのは、気まぐれと、さっきから続くちょっとした高揚感だった。だから終電まであと少ししかなかったけれど、僕と僕の連れは、ふらふらと川原に向かっていた。真夜中の集会に向かう猫のように。あるいは誘蛾灯《ゆうがとう》に惹《ひ》かれた蛾のように。（もしかしたら原始の祭りも、こんな感じに始まったのかもしれない）

僕らは橋を渡り、堤防を降りていった。

川原に目をこらすと、まだ何かあるらしい十数人が集まっている。暗くて顔は確認できないけど、ほとんどが男子で、少しだけ女子も交ざっている。しばらくすると、言いだしっぺらしい数人の男たちが加わり、缶ビールやジュースを皆に配った。

全員で一斉にプルタブを引いて、乾杯をした。

僕らはひととき大きい声を出したけれど、そのあとは案外しんみりと時間を過ごした。何となく知っている者同士が固まり、川や空を眺めながら、どうでもいい話をした。「覚えるべしっ」と、誰かが有名講師のマネをすると、少しだけ全体的な笑いが起きた。

僕らには共通する思い出がほとんどなかった。一緒に遊んだとか、一緒に笑ったとか、一緒に走ったとか、そういうことは皆無で、ただ一年間、同じ場所に居ただけだった。お互い顔はなんとなくわかるが、実は名前も知らない。こいつとは友だちになれそうだな、と思ったやつもいる。だけどそう思っただけで、しゃべったことはなかったりする。

だけど今の気分は、全員でスクラムを組んでいいほどに一致していた。僕らは停滞した浪人生活から抜け出して、心底ほっとしているのだ。一年間勉強して学力は向上したし、その勉強は無駄ではなかったと思う。ただしょせん受験は一発勝負で、それをくぐり抜けて、みんな心からほっとしているのだ。

今、家に帰るよりも、こんなところに来ることを選んでしまう連中だった。多分、何かを期待しがちな人間なのだろう。僕らは何も心に残ることがなかった一年の、せめて最後のこの夜を刻《きざ》んでおきたかったのかもしれない。

最終電車はもう、とっくに出てしまっていた。夜はぼうっと明るく、会話が途切れると川の流れる音だけが聞こえた。

「……俺たちどうやって帰るんだ?」

「歩けばいいだろ」

家まで歩くと何時間かかるかわからないけど、まあ、朝までどこかで時間をつぶせばよかった。僕らは座ったまま、川面《かわも》に目をやり、ときどき石を投げたりした。どこへいくでもない会話に飽きても、この夜の空気を吸うことには飽きなかった。

「いつかさ……」

座の中心あたりにいた男が、皆に聞こえるように言った。

「いつか、やってみたかったことがあるんだよな」

「なに？」

「……」

男はそこで間《ま》をとった。意識的にか無意識なのかはわからない。だけどそれで全員の目は、その男に集まることになった。男は全員を見渡したあと、ゆっくり話し始めた。

「合格祝いに、胴上げをしてみたいんだよ」

「胴上げ？」

予備校から市街地に向かって少し歩いたところにスクランブル交差点があった。男はそこで胴上げをしたいという。胴上げスクランブルだという。

「……胴上げスクランブル？」

いつの間にか男は、立ち上がって説明をしていた。スクランブル交差点で、四方向に分かれよう。赤信号中は待機して、青信号になったら四方向から一斉に中央に走る。交差点の真ん中で胴上げをして、信号が点滅したら、急いで元の位置に戻ろう。

胴上げスクランブル……。

数人はすぐその話に喰い付いたけど、残りは半信半疑な感じに笑うだけだった。

だけどこれくらいの人数だと、それくらいのバランスが一番物事が動きだす。半信半疑な者が、でも、でも、と質問を繰り返し、面白がる者がその問いに良いアイデアを返す。そうしてプランが練られていく。

新たに二人か三人が、よし、じゃあやるか、と面白がる側に寝返ったとき、プランは俄然《がぜん》、現実味を帯びる。あとはリーダーが具体的な手順を説明し、号令をかければいい。さっきから説明している男がリーダーで、それを復唱するように確認し、追加の指示を出す者が副リーダー。つまり今、文系と理系に分かれろ、とか言っている僕が副リーダーということになる。

遠くで犬の遠吠えのようなものが聞こえた。僕らはそれを合図のようにして立ち上がり、素速く空き缶を片付けた。

ちょっとみんな興奮していたと思う。僕らは堤防を駆け上がり、笑いをこらえながら橋を渡った。足音を控え、声を抑えながら、深夜の街をこそこそ進む。

何度も確認しあったのは、安全確認と解散のタイミングだった。パトカーが来たらもちろんだが、それ以外でも誰かに注意されたりしたら素速く謝ろう。ちょっと怒られる雰囲気を感じただけでも、すいません、と爽《さわ》やかに謝って、その場で解散しよう。振り返らずに、散り散りに別れよう。

もうこれっきり会わないやつがほとんどだと思う。予備校にも二度と来ないし、川原にもスクランブル交差点にも、昼飯をよく食べた大島飯店にももう来ない。参考書を買った自由書房とも、東口のゲーセンともこれでお別れだ。『じゃあまた！』じゃなくて、『さよなら』と言おう。未来の約束は、再会じゃなくてお互いの健闘だ。『さよなら』だけが人生だ。

スクランブル交差点に着いた僕らは、声をあげながら四手に分かれた。

青龍《せいりゅう》が司る方角に陣取ったのは、文系東日本チーム。朱雀《すざく》の方角には文系西日本チームで、白虎《びゃっこ》は理系頭いいチーム。玄武《げんぶ》で吠えているのは理系頭わるいチーム。それぞれが肩を回したり、屈伸をしたりして、そのときを待つ。

「次の青信号でいくぞ！」

青龍にいるリーダーが大声を出した。

車用の信号が全て赤に変わると、数秒おいて歩行者用の信号が青に変わる。朱雀の方角から男が一人、すすすいっと前に進むのを僕らは見守る。男は横断歩道がクロスする中央まで進み、右手をあげた。

「〇〇大学、法学部合格しました！」

拍手と歓声が四方からどっとあがり、次の瞬間、僕らは駆けだす。朱雀の男を取り囲んで、もみくちゃにする。

やがてすくい上げられた朱雀の男が、夜空に向かって放り上げられた。わっしょい。そーれ、わっしょい。わっしょい！

青信号の点滅を合図に、僕らは男を地面に置き去りにして四方向に散った。少し遅れて、男が頭を押さえながら朱雀の方角に戻る。僕らは荒い息のまま爆笑する。歩行者用の信号は赤に変わり、僕らは、はーはー言いながら、次の青信号を待つ。

「△△大学、医学部合格しました！」

今度は白虎の男が高く舞った。白虎の男はひょろりとしていたため、朱雀の男のおよそ一・二倍高く夜空を舞った。ひょろ長き未来の医師を地面に置き去りにし、僕らはまた爆笑しながら四方に散る。信号は再び赤、青と変わり、玄武の男や、勇気ある青龍の女子も空に舞った。

そのうち、玄武の理系頭わるい軍団（僕ら）は、騎馬戦のウマを作って中央に突入するようになった。

他の三方がこれにならうと、胴上げスクランブルはまたちょっと違う様相を見せ始めた。ウマは青信号になった瞬間に突撃するから、もう〇〇大学合格しましたとか言う者はいない。本当は誰が何大学に行くとか、そんなことは全然関係ないのだ。

四方から出た騎馬軍団は中央でぶつかり、崩れ、スクランブルする。あとはたまたま渦の中心にいた人間が、片っ端から胴上げされた。

この時間、交差点に進入してくる車はなかった。何回もの青信号を経《へ》て、僕らは、最後の大物、という感じの太った男を胴上げしていた。太った男はずっしりと低空を舞う。感覚で言うと、僕らの指先から五センチくらい上の空を、男はどっしりと舞っていた。

そのとき一台のセダンが交差点に近付いてきた。セダンはこの光景に気付いたのか、交差点のずいぶん前で停《と》まった。多分、警戒したのだろう。

青信号が点滅したので、僕らは慎重に男を地面に降ろした。太った男は、僕らの体力を強力に奪い取っていた。僕らはもう走る体力もなくて、ぜえぜえ息をしながら、それぞれのポジションに戻った。

歩行者の信号が赤に変わり、そのあと車道の信号が青になった。白いセダンは僕らに四方から見守られながら、そろそろと交差点に進入していった。横断歩道がクロスする胴上げポイントを過ぎ、ゆっくり左折した。去り際に、大きくクラクションを鳴らした。

ぱぱん、ぱーん。

祝ってくれたのだろうか？　それとも、この馬鹿どもがと怒ったのだろうか？　どちらにしても僕らは、そのセダンに拍手をして応えていた。交差点の四方からは、セダンに向けた拍手がしばらく続いた。

「次を最後にしよう」

拍手が止むと、リーダーが大声で宣言した。

おお、と僕らは声をあげ、それぞれ最後のウマを組んだ。

僕は初めてウマの上に立った。右下の男は一緒に来た連れの男で、前のでかいのは知らない男。左下の地味なやつは、どこかの農学部に受かったらしい。

信号が青になり、また四方から騎馬軍団が突撃した。ウマは中央でぶつかって崩れ、最後の渦ができる。

「まわれ、まわれ」

遅れて出た僕らは、渦の外側をまわった。僕は右手を斜め前に指し示し、親愛なる足下のウマに指示を出す。

交差点の真ん中では、リーダーの胴上げが始まっていた。

僕らのウマは、胴上げする群れのまわりをぐるぐると走り続けた。ウィニングランだ。

これが僕らの最後の合格祝いだった。真夜中のスクランブル交差点で、僕らはお互いを盛大にもみくちゃにし、この街に『さよなら』をした。

それは別れの言葉ではなく、再び会うまでの約束でもない、祝祭としての『さよなら』だった。

◇

そして僕は大学生になった。

学生寮に入って、洗面器や歯ブラシを揃《そろ》えることから、新たな生活は始まった。寮にはプライバシー以外の全てが揃っていた。

オリエンテーションを終え、カリキュラムを組み、授業に通った。一年目は英語や数学や物理の基底科目が中心だったが、少しだけ専門科目もあった。

授業は想像していたより難しかったけど、楽しいとも思えた。

ちょっとした疑問や好奇心で質問すると、教授や講師は、答えに辿《たど》りつくための背景や参考事象を親切に解説してくれた。それは予備校でチューターに解法を聞くこととはずいぶん違う、学問への手引きのようなものだった。

春が終わり、夏になった。友人もできたし、土日にはアルバイトも始めていた。夏休みが終わると、後期の授業も始まった。

大学生活は楽しかったし、充実もしていた。ただ、こんなものかな、と思うようにもなっていた。足りているのか、それとも足りないのか。もう一歩先は、いつも目の前にある気がしていた。


十月の文化祭のとき、彼女に出会った。

キャンパスの真ん中に、モニュメントが設置されていて、僕はそれを眺めていた。ジャングルジムを巨大な力で捻《ひね》ったような、幾何学的なモニュメントだった。質実でシンプルな部材が、一定のルールとアルゴリズムで、天に向かって組み上げられている。無限の一部を切り取ったような連続性が、静かな熱と狂気を感じさせた。

やがて斜め後ろに、彼女が立った。

「これは誰が作ったんですか？」

と、彼女は訊《き》いた。モニュメントの前には、僕ら二人しかいなかった。

「建築の上村ゼミみたいですよ」

僕は部材の一つを指差した。そこには〝上村ゼミ（建築）制作〟と彫ってあった。モニュメントは美術品というより構造物に近い感じがした。

「へえー」

それから彼女は黙って、モニュメントを見続けた。

僕は先にその場を去った。

初めて出会ったとき、僕らはそんな会話をしただけだった。だけどそれから数時間後に、僕らはまた小さく出会うことになる（多分運命とかそういうのとは、全然違うと思う。僕らは同じキャンパスにいたわけだから、それまでにもすれ違ったりしたことはあった。僕らはただ、これまでは入らなかった記憶というスイッチを、その日、同時に押したんだと思う）。

彼女は屋台で焼きソバを売っていた。

僕を見た彼女が「あ」と言い、彼女を見た僕は「お」と言った。ほぼ同時だった。

「えーっと」と、僕は言った。

「焼きソバを一つください」

「はい。二百円です」

お金を渡すと、彼女はちょうど二百円分くらいの笑顔で、ありがとう、と言った。

「これは誰が作ったんですか？」

と、今度は僕が訊いた。

「私です」

彼女は笑いながら答えた。

「へえー」

僕は彼女の焼いた焼きソバを見つめた。紅ショウガを添えた、普通の焼きソバだった。青ノリもふってある。僕らはまた、そのまま別れた。


その後、坂本という男と合流し、ベンチに座った。

坂本は、そのころつるむようになっていた学科の友人だった。

心優しき小太り、という感じのその男は、微妙に要領が悪かった。彼が傘を持って家を出ると、絶対に雨は降らない。実は彼が天候を支配しているんじゃないか、というくらい降らなかった。坂本はいつも黒縁のメガネをかけていた。

僕が焼きソバを食べ始めると、坂本は「ちょっとちょうだい」と言った。何となく全部自分で食べたかったので無視していたのだが、彼はしつこかった。しょうがないので二口くらい残してやる（肉も一切れ残してやる）。坂本は特に感想を述べることなく、それを食べた。


文化祭が終わると、秋は深まっていった。

ときどき授業の合間に、彼女を見かけることがあった。

坂本と芝生に座っていると、とても遠くからこっちに向かって手をあげる人がいる。誰だろう、と思って目をこらしても全然わからない。メガネの坂本には、もっとわからない。

その人がずいぶん近付いてきて初めて、彼女だということがわかる。彼女はどうやら、もの凄《すご》く目がいいらしい。

「目がいいんですね」

「ええ」と、彼女は笑った。「視力は二・〇あるんです」

凄《すげ》え、と僕らは声をあげた。

だから誕生日よりも血液型よりも早く、僕が覚えた彼女のデータは視力だった。二・〇というのは、僕のおよそ二倍で、坂本の二十倍ある。

彼女はもともと目が良かったが、高校のとき弓道部で遠くの的を毎日睨《にら》んでいたら、さらに良くなったという。

「実際にはもっと上かもしれないな」

彼女が去った後で、坂本は言った。

「二・〇以上は測らないからな」


季節は冬になった。

ときどき彼女と会うことがあって、そうすると少しだけ話をした。

今は弓道をやってないんですか？　と訊いてみたことがある。

「ええ」と、彼女は笑った。「的じゃなくて、別のものを射貫《いぬ》くことにしたんです」

「別のもの？」

「うん」と言って彼女は僕を見た。それから坂本のことも見た。

「例えば男子とか」

おお、と僕らは声に出した。ふふふ、と、彼女は声に出さずに笑った。

それじゃあ、と去っていく彼女に、僕と坂本は手を振った。とても可愛い人だ、と、声に出さずに僕は思った。彼女の後ろ姿は次第に小さくなり、やがて校舎の向こうに消える。

んむふう、という感じに坂本が息を吐いた。

「射貫かれてみたいよな」

と、坂本は言った。

「お前じゃ無理だ」

僕はきっぱりと言った。

「何でだよ」

坂本は反抗的な目で僕を見たけど、こいつには何もわかっていなかった。彼女はもう、僕らを小さく射貫いたのだ。射貫かれたことに気付かないやつが、射貫かれることなど永遠にない。

彼女とはその後も、何回か会った。彼女はいつも、とても遠くから僕らに気付き、手を振ってくれた。

年が明け、後期の試験を終え、長い春休みになった。

僕は来年度の生活費を貯金するつもりでアルバイトをしていた。仕事は新幹線の中での販売だった。

東京駅から新幹線に乗って、ワゴンを押し、弁当やビールを売る。アイスクリームも売る。鉄道ダイヤに合わせた仕事だから時間が変則的だったけど、金銭的に割の良い仕事だった。

新幹線が実家の近くを過ぎるとき、デッキの窓から外を眺めた。

通っていた予備校のビルも、あのとき語らった川も、一瞬で通り過ぎた。窓から眺めるそれは案外近くにあったけれど、すぐに時速二百七十㎞で遠ざかっていった。

東京から大阪まで行って、日帰りで戻ってくることもあった。広島まで行って、宿泊所で一泊して、戻ってくることもあった。長い春休みの間、僕は何度も、東西九百㎞を往復した。

だけど実際の僕は、車両の中を行ったり来たりしているだけだった。一号車から十六号車までワゴンを押し、途中で商品を補充し、また戻ってくる。何往復かするうちに、広島に着いている。

――お弁当にビール、コーヒーはいかがですか？

車両を往復しながら、僕は考えていた。
次に彼女に出会ったとき、僕は何を言おう。できれば今度は、僕が先に彼女を見つけたい。

――アイスクリームはいかがですか？

本州を往復しながら、気持ちは固まっていったと思う。
僕は彼女に何かを言おうと思った。何か大切で、きらきらした言葉を。正直で、丁寧で、一歩先に踏み込むような言葉を。
休憩中、デッキで窓の外を眺めながら、僕はその言葉を考え続けた。

その二、突き抜けろ

だけど結局、大した言葉は言えなかった。

新学期の初日に、おみやげのもみじ饅頭《まんじゅう》を持ってうろうろしていた僕は、三号館の通路で彼女を見つけた。自分から彼女を見つけたのは、初めてのことだった。僕は彼女のもとに走っていって、これもみじ饅頭です、とかそういうことを言った。

僕は広島で何泊もしたことや、でも時間は全くなくて行ったのはコンビニだけだというようなことを早口で話した。もみじ饅頭を受け取った彼女が、じっと僕の目を見ていた。

「それで」と、僕は言った。言ったあと「だから」と言い直した。

「はい」

「今度映画を観に行きませんか？」

「……」

彼女は六度くらい首を傾け、何かを考えるような表情をした。『それで』と『だから』の意味の違いを、考えていたのかもしれない。

「いいですね。行きましょう」

首を〇度まで戻した彼女が言った。僕らは連絡先を交換し、その場を離れた。

教室に戻って席に座り、ふう、と息をついた。教室では新学期の授業の説明が始まっていて、隣では坂本が熱心にメモを取っている。僕は自分の行動を思い返し、一人反省会をした。

まず、もみじ饅頭についてだが、これは正解だったと思う。僕は、彼女がもみじ饅頭を机の上に置いて授業を受ける姿を想像してみた。……。やっぱり正解だ。それから『だから』についても考えてみた。どうして僕はそんな接続詞を付けたんだろう……。

それはきっと、過去と未来を繋《つな》げる『だから』だった。

僕が今まで生きてきたことや、考えてきたこと。文化祭で彼女に出会ったことや、僕が彼女に惹《ひ》かれ始めていること。あの『だから』は、そういうことに続く『だから』だった。僕がどうして彼女を探したのか、どうして新幹線の中で彼女のことを考えたのか。そんな『だから』の前を、これから彼女に伝えたいと思った。そして『だから』の後を、一緒に作っていけたら嬉しい。まずは映画に行って、もう少し仲良くなれたらいい。

その日の夜、僕は彼女に電話をした。

ちょっと緊張していたのだが、会話は思いのほか弾《はず》んだ。

好きな映画や、好きな食べ物の話。新幹線の中で横綱を見たことや、横綱にビールを売った話。横綱が京都で降りたことや、横綱の鬢《びん》付《つ》け油がいい匂いだった話。横綱がシートを二つ使っていたことや、何人かの軍団で移動していたこと。全員が百kg超だから、合計一トンくらいあるんじゃないかという話。それから黄色い新幹線《ドクター・イエロー》を見た話。黄色い新幹線は新幹線のお医者さんで、夜中にだけ走るという話。

映画は週末に行くことにしたけど、その前にも会おうということになった。明日、授業が終わってからにしよう、と、彼女が提案した。

次の日、学校帰りに待ち合わせて、カフェで話をした。そのあと相模原まで送っていき、終電まで公園のベンチに座って話した。気付けば、二人とも腹ぺこだった。

反省した僕らは、次の日、生協で夕飯を一緒に食べた。それから彼女を送っていき、昨日と同じベンチで、また終わらない話を続けた。

彼女は口数が少ないイメージがあったのだが、全然そんなことはなかった。ぺらぺらとよくしゃべり、あははは、と大きな声で笑った。そのことを伝えると、彼女は驚いた顔をして僕を見た。そしてしばらく黙った。

「……ちょっと浮かれてるのかも」

彼女はそんなことを言った。

だけど多分、僕はもっと浮かれていた。次の日も、その次の日も、僕らは会って話をした。

大学生になって思ったことや、高校生のころ予想していた今。学科の話や、アルバイト先の話。友人や両親や、昔飼っていたラリーという犬の話。中学生のとき考えていたことや、小学生のころ想像していた世界。想像とは違っていた世界。

週末、僕らは映画を観た。映画が終わると、またカフェで話を続けた。途中、僕は彼女に好きだと伝えた。セットプレーではなく、流れの中で自然に伝えられた。

私も好きだと、彼女は言った。告白は確認のような感じだった。その日、僕と彼女は初めて手を繋いだ。

僕の浮かれっぷりは、相当なものだったと思う。

僕は彼女と一緒にいるときも浮かれていたが、一緒じゃないときも浮かれていた。独り言を声に出してつぶやいてしまう、悪い意味で危険な男だった。浮かれた僕は、独り言で彼女を笑わせ、独り言で彼女のことをどれくらい好きなのか説明した。あるときそれを坂本に聞かれてしまい、必死に歌うふりをしてごまかした。

ずっと一緒にいたかったし、全ての時間や感情を共有したかった。彼女も同じ気持ちだとわかることが、さらに僕を加速させた。

学校の空き時間はいつも一緒にいた。しゃべり始めると、授業に行きたくなくなって、そのままサボった。朝会うと、授業行かなきゃね、と言いながら、一限、二限、三限、と結局離れられなくて、四限だけ出たりした。

アルバイトの後も今から会おうよと電話して会い、無理なときにはじゃあ明日会おうと約束し、それでも電話を切らなかった。電話は深夜を過ぎて早朝まで続き、こんなことなら会えば良かったね、と言って終わった。

二人でいるとき、僕は小さなスイッチのようなものを想像していた。もしそれを押したなら、僕らは学校も友人もアルバイトも放りだして、そのままどこかに行ってしまう。そしてもう二度と戻ってこない、そんなスイッチ。押してしまいたくなるけど、決して押してはならないスイッチ。

ある日のことだった。

彼女は、ある専門科目のレポート課題を提出しそびれた。それは彼女にとってとても重要な科目の課題だったらしい。

彼女は落ち込んでいた。これだけ会っていると、どこかに歪《ひず》みは生じてしまう。僕にも未提出のレポートがいくつかあった。

「ちょっと調子に乗りすぎたのかも」

と、彼女は言った。

「そうだね」

実際そのとおりだった。僕のほうは、もっとまずいことになっていた。でもあまり深く考えていなかった。猛進する男子とは、そういうものだ。

「あれから、毎日一緒にいるね」

「うん」

「もうすぐ二ヶ月になる」

僕らは新学期の初日から、ほとんど毎日会っていた。僕らはまだ、どこにも辿り着いていない。けれどずいぶん、いろんなことを話した。お互いを知り、わかり合おうとした。

「こんなに浮かれて過ごしたのは、久しぶり」

彼女はいつもとちょっと違うトーンでしゃべった。

多分、彼女にも何かのスイッチが見えていて、それを押さずにはいられなくなって、でも押すわけにはいかなくて、それであんなことを言いだしたのかもしれなかった。

◇

それから一週間後のことだ。

キャンパスの芝生の中央あたりに大きなケヤキの木があり、僕らはそこを日時計と呼んでいた。僕らは昼休みに、そこで待ち合わせていた。

芝生に腰を降ろし、ケヤキにもたれ、生協で買ってきたサンドイッチを食べた。世界でただ一つの特別な昼食に、まぶしい陽光が落ちていた。ポケットの中には小さな幸せがあり、未来は優しい風にそよいでいた。そう思っていた。

「もうこんなのはイヤなの」

サンドイッチを噛《か》みながら、彼女が静かに言った。

へー、と僕は思った。ケヤキの影が風に揺れていた。そうかイヤなのか、僕はゆっくりと思った。芝生の向こうでは、いろんな青春が、それぞれ小さな群れをなして歩いている。

「こんなふうに付き合うのはね、」

「うん」

「私にはもう無理かもしれない」

へー、とまた僕は思った。そうか無理なのか、サンドイッチを呑《の》み込みながら思った。腑《ふ》に落ちるものは何もなかった。

僕らはしばらく黙った。芝生の向こうの学生センターの脇に、バスケットのリングが見えた。

「大野君のことが、とても好き」

彼女はゆっくりとしゃべった。一言一言を確認するように、とても慎重に彼女はしゃべった。多分本当に慎重になっていたんだと思う。

「好きとかいう巨大なことを抱えながら、付き合いを続けることは、私にはとても難しいの。……不安定で不確実で、嬉しすぎるのに寂しくなったり、そんなことを抱えながら、毎日、学校に行ったり、レポートを書いたり、アルバイトをしたり、同じ時間に寝るなんてことは、私には無理。……もうできない」

彼女はまっすぐバスケットリングを見ていた。

「……巨大なことに浸っていればいいときもあると思う。だけどそうじゃないときも、次はいつ会おうかとか、どこに行こうかとか、いつ電話がかかってくるかとか、こっちからかけようかとか、今いるかなとか、嫌われたらどうしようかとか。……そんなことばっかり考えていたら、もうまともに生活できないと思った」

リングの周りでは、三人の男がシュートを繰り返していた。世界にはいろんな青春がある。

「最近は一緒にいても、そんなことばっかり考える」

わかるような気もしたし、全然わからないような気もした。僕は今まで、多分そういうことに夢中になっていたのだ。だけど彼女はそれを、不安定で不確実なものとして、もう無理と言っている。

「それで、どうしたいの？」

「わからない」

芝生の向こうのシューターが、きれいなモーションでシュートを放った。投げたあと、だらだらとした動作でボールを取りにいく。

彼女は「わからない」と言ったけれど、既にもう何かを決めているようでもあった。ただ僕と一緒にもう一度そのことを考えてみたい、と言っているように聞こえた。

僕はペットボトルのお茶を一口飲んだ。そして間違えちゃいけない、と思った。これから僕が考えることや話すことに、間違いがあっちゃいけないと思った。

「要するに、」と僕は言った。

「僕らはお互い好き合っている。だけどこのまま付き合い続けるのは、とても難しい」

「うん」

彼女は平坦に相槌《あいづち》をうった。

「じゃあ……」

僕は考えた。芝生の向こうのシューターが、大きな笑い声をたてるのが聞こえる。

「……全部決めちゃうってのはどうかな？」

「決めるって何を？」

彼女は僕のほうを向いた。

「電話する曜日や時間。それから会う日にち」

「……」

そういうことじゃないの、という顔を彼女はしたけれど、僕は構わず続けた。できるだけ落ち着いた声で。できるだけ明瞭に。

「電話は一日おきにするって決めればいい。かける時間も、切る時間もきっちり決めて、交代でかけあうってのはどうかな？　会うのは当面、週末だけにすればいい」

「そうすると今度は、もっと会いたくなっちゃうと思う」

「そう思ったら、週に二回会うことに決め直せばいい」

彼女の顔はこっちを見ていた。だけどどこか遠くを眺めるような目つきだった。

「だめだったら別れればいいし、飽きたら別れればいい。でも好き合っているんだったら、やり方を変えればいい」

遠くを眺めるような目をした彼女が、少しずつ戻ってきた。……八m、七m、六m。ケヤキが風に揺れて、さわさわと音をたてた。僕は笑顔を作って彼女を待った。

やがて彼女の視線が僕をとらえた。「そうしてみようよ」と僕は言う。……三秒、四秒、五秒、と僕らは見つめ合った。

そういう頃合いなのかもしれない、と、僕は考えていた。彼女と別れるわけにはいかないけれど、確かにレポートとかはちゃんと出さなきゃならない。

わかった、と、彼女は小さく言った。それでやってみる。

◇

一日が経ち、二日が経ち、一週間が経った。

二週間が経ち、三週間が経ち、一ヶ月が経った。

あれから僕らは、規則正しくゆっくりと歩いていた。

前に歩いているのか、それともぐるぐる円を描いているだけなのか、あるいは歩いているように見えるだけなのか——。

そのどれでもないかもしれないし、全てであるかもしれなかった。どちらにしても、付き合いはじめてまだ三ヶ月だった。僕らはまだ、歩きはじめたばかりだ。

僕らはそれぞれ大学に通い、アルバイトをした。家では学校の課題をやったり、家事をしたり、お互いのことを考えたりした。決めた時間が来ると、交代で電話をかけあった。

電話は週に三度。今週は月と金に僕が電話をかけるから、水に彼女からかかってくる。先週はその逆で、その前はまたその逆。要するに一回交代でかける側が替わるということになる。週末、僕らは週に一度のデートをした。金曜に電話をかけたほうが、行き先や待ち合わせ場所を提案し、たいていは相手に同意する。今週は映画を観にいき、先週は浅草の花やしきに行った。

そんな付き合い方について、彼女は最初「なかなかいいね」と感想らしきことを言った。しばらく経つとそれは「とても快適」とか「凄くいい」とかに変わった。

ゆるやかで淡い男女交際だった。週に三度の電話と一度のデート以外、僕らはとくに何をするでもなかった。大学で会っても、微笑《ほほえ》み合ってあいさつする程度だ。全力疾走を終えた僕らは、ゆっくり並んで歩きながら、トラックを周回している。

僕としてはかなり物足りない感じがしたのだが、彼女としては「足りないくらいがちょうどいい」らしかった。

◇

梅雨の盛りだった。

週末、僕らは水族館でデートをしていた。高いビルの最上階に、その水族館はあった。ウミガメが遊泳する巨大な水槽の前で、僕らは足を止めた。

「今のままの付き合いを続けるには、何の問題もないけどねえ……」

巨大な水槽では、いろんな熱帯魚が彩りを競っていた。ナポレオンフィッシュが人工波にたゆたい、底では平らな魚が何かをじっと待ち続けている。小魚の群れは一斉に進行方向を変え、岩には奇妙な触手をもった生物が張り付いている。

「だけどいまいち発展性がないな。いろいろと、恋人的に。若い男女的に」

「そうだね」

と、彼女は言った。横顔がちょっと笑っているように見えた。

僕らはマンボウの水槽の前に移動した。ゆらーんとマンボウは海洋を漂う。

「全部、決めちゃえばいいのよ」

水槽から目を離さず、彼女は言った。それはどこかで聞いたことのある台詞《せりふ》だった。

「全部って何を？」

「私たちの近い未来。恋人的なこととか」

漂うマンボウに合わせて、僕らは少しずつ右に移動していった。

「一年後にしましょう」

彼女はマンボウを凝視しながら言った。

——一年後にしましょう。

僕の彼女はときどき凄いことを言った。とぼけた顔をしたマンボウが、僕らを何の感慨もなく眺めている。

「一年か……」と僕は言った。「だけどそれは、ちょっと先すぎるんじゃないかな？」

「じゃあ半年後に」

——じゃあ半年後に。

僕は素速く指を折った。六月に半年を足すと十二月だった。そうだな、と僕は思った。僕らにはそれくらいがちょうどいいかもしれないな。

「わかった。じゃあ十二月に」

「うん」

マンボウの顔の前には、白色のクラゲがいた。マンボウは無表情にクラゲに近付き、突然、すぽん、とそれを丸呑みにした。

おおおー、と僕らは声を上げ水槽にへばりついた。マンボウはゆらーんと海洋を漂う。

喰う側と喰われる側の攻防は、全て漂う中にあった。攻防というより、マンボウによるクラゲ回収という感じだ。

僕らはしばらくマンボウを眺め、飽きるとフグの水槽の前に移った。

「……何だか笑ってるみたい」

正面から見たフグは、確かに口元が笑っているように見えた。

フグは他の魚と違って、水中で静止することができるようだった。胸びれが超高速で動き、体のバランスを保っている。スポーツでいえばシンクロナイズドスイミング。鳥でいうとハミングバード。

「ねえ、」彼女は僕を見た。「やっぱり彼、笑ってるよ」

フグは胸びれを超高速で動かしながら、こっちを見ていた。何が嬉しいのか、にんまりと口元が笑っている。

「明らかに笑ってるな」

その小さなフグのことを、僕らはとても気に入った。

二人並んでいつまでも眺め続けた。

◇

「付き合ってる？」

僕と彼女のことを知った坂本は、驚愕《きょうがく》の表情を浮かべた。

「……お前って凄いな」

異世界の住人を見るような顔をして、坂本は唸《うな》った。

彼女と週末にしか会わなくなってから、坂本とつるむ時間が増えていた。二年になって学科単位の授業が増えたから、一緒にいる時間は嫌でも増える。

そんな坂本にも最近、好きな女の子ができたらしい。そのせいかどうか知らないけれど、彼のメガネはこの春、黒色から黄色にモデルチェンジした。色付きやがったのだ。

坂本の好きな相手は、同じ学科の飯塚《いいづか》美智子さんといった。飯塚さんは何かあると、もの凄く恥ずかしそうに笑った。可笑《おか》しくてしょうがないんだけど、恥ずかしくてしょうがない、という笑い方をした。彼女のことを好きだという坂本の気持ちは、僕にも良くわかった。

「いいんだよなあ、飯塚さんは……」

酒を飲むと必ず、坂本は飯塚さんの話をした。天上のお菓子を食らうように、甘ったるい表情をして、でれでれと彼は語った。飯塚さんがどれほど美人であるか、飯塚さんの声がどれくらい素晴らしいか、飯塚さんのスタイルがどれほど悩ましいか、飯塚さんの笑顔がどれほど温かいか。飯塚さん、飯塚さん、飯塚さん、飯塚さん。坂本の賛辞は果てしなく続いた。

だけど飯塚さんは、そんなに美人というわけではなかった。スタイルにしても声にしても笑顔にしても、むしろ特別という言葉が一番似合わない人だった。簡単に言うと普通の人だった。

そのことを言ってみると、坂本はぎょっとした顔になった。

「ど、どういうこと?」

「いや、確かに飯塚さんはいいけど、そんなに特別な人じゃないだろ」

坂本はしばらく僕を見つめ、信じられない、という表情をした。

「そんなことないだろ」

下腹に力を込めた発声で坂本は言った。そして二、三度まばたきをした後、メガネのブリッジに手をやった。見つめ合う僕らは、互いに同じ感想を持ち合っていた。信じられない、と。

そんなに好きなんだったら告白してみろよ、と言ったこともある。

「わかってる……」

長い沈黙をわざとらしく挟み、坂本は続けた。

「充分わかってるけど、それはもう少し、俺が飯塚さんに相応《ふさわ》しい男になってからにしようと思う」

ああ、と僕は思った。

仮に飯塚さんが坂本の言うような素晴らしい女性だったとして、それに相応しい坂本とは、どれほど素敵で、どれほどダンディな男なんだろうか。お前は一体、何世紀かけてそんなものになろうというのか……。

坂本はそういうことを、特別なドアの向こうで行う、特別なダンスだと思っている節《ふし》があった。多分坂本は、ありもしないドアの向こう側を想像している。そこでは坂本と飯塚さんが華麗なダンスを踊っている。

だけどそこで踊っているのは、僕らと同じクラスの飯塚さんじゃないし、ましてや坂本でもない。坂本がそんなに軽やかなステップで踊れるわけはないし、飯塚さんだって、きっとそんなダンスを好んではいない。

坂本は優秀な男だった。学校の課題に困って相談すると、理路整然と仕上げたレポートを見せてくれる、優秀な上にいいやつだった。

これだけのレポートを書ける男が、どうして恋愛における客観性を持ち合わせていないのだろうか？　彼の恋愛レポートは０点か、甘めに採点しても３点くらいだった。これが噂の『恋は盲目』というやつなんだろうな、と思った。

◇

厚い雲が空を覆っていた。その日、僕と坂本は日時計の下にいた。

僕は焼きそばパンを食べ、コーヒーを飲んだ。見上げると、目が眩《くら》むほど光が強い。もう夏といってもよかった。梅雨空の向こうで、陽差しが強くなってきたのだ。

かにパンを食べ終えた坂本が、ベビースターラーメンの袋を開けた。僕は右手を差しだし、「くれ」と言った。

坂本は用心深く袋を傾け、一口分のベビースターの山を作ってくれた。以前、袋ごと受け取った僕がそのまま全部口の中に流し込んだことがあって、以来、ヤツは慎重になったのだ。

ぼり、ぼり、ぼり、と僕らは音をたてた。

彼女といるとき世界でただ一つの特別な場所だった日時計も、坂本といると単に餌場《えさば》という感じだ。

「あのさあ」と、坂本が言った。

しばらく時間をおき、彼はまた口を開いた。

「もし、お前さえ良ければだけど……」

「何?」

「今日、授業終わってから付き合ってほしいんだよ」

なぜだか言いにくそうに、坂本は言った。

「いいけど、どこに?」

「木戸さんのアパート」

木戸さん……。坂本は火曜になると、木戸さんとかいう人の部屋に通っているらしかった。特に何をするわけでもなく、二人で鍋を作って酒を飲んでいるらしい。

「木戸さんって、塩ご飯の人だろ?」

「そう。口は悪いけど、結構いい人だよ」

木戸さんは坂本の地元（山形県）の先輩ということだった。パチスロばっかりやって大学にちっとも来ないため、年齢は二つ上だけど同級生になってしまったらしい。坂本は何とか木戸さんに単位を取らせようと、テスト前に資料を持っていったりしているらしかった。そんな木戸さんのエピソードとして、塩をかけたご飯をおかずにご飯を食べる、というのがあった。

「いいよ。行こうぜ」

塩をかけたご飯をおかずにご飯を食べる人なら、会ってもいいかなと思った。

「ホントに？」坂本は嬉しそうな顔をした。「ベビースター食べる？」

坂本はまた僕の右手に橙色《だいだいいろ》の山を作ってくれた。

ぼり、ぼり、ぼり、と僕らは音をたてた。

七月の半ばだった。僕と彼女がゆっくり歩きはじめてから、四十日が過ぎていた。

芝生にベビースターが落ち、僕はそれを眺めた。ベビースターは芝生によく映えていた。それは意外なまでにきれいな、緑と橙のコントラストだった。

◇

「横柄な態度はとるけど、根はいい人だから」

木戸さんのアパートに向かう途中、坂本は何度も言った。

僕らはスーパーに寄り、鍋の材料を買った。買い物は毎度のことらしく、坂本は迷うことなく、かごに食材を放り込んでいった。白菜、ネギ、春菊、えのきだけ、しいたけ、豆腐、しらたき、鶏肉、魚肉ソーセージ。……魚肉ソーセージ？

最後に坂本は銀色の大きなザルを買った。

スーパーの袋をぶら下げ、僕らは木戸さん宅に向かった。商店街を抜け、陸橋を渡った。トラックの出入りしている運送会社を過ぎ、細い路地を曲がった。

あそこ、と差した坂本の指の遠く先に、古びた工場のようなものがあった。その向こうに大きな木が一本あり、枝の隙間《すきま》から黄土色の壁が見えていた。そこが木戸さんのアパートらしい。

「あのさ、」と坂本は言った。「すごく失礼な感じの人なんだよ」

「わかってるって。だけど根はいい人なんだろ？」

「いや……。実際のところは、それもよくわからないんだけど」

葉を生い茂らせた木が、アパートの入り口を塞いでいた。木の幹に『コーポ野毛』と書かれた札がぶら下がっている。

「ただ決して、悪気があるわけじゃないんだよ」

僕らは順番に木の脇を抜けた。むき出しのガスメーターが、各戸を示すように並んでいる。陽に灼《や》けた感じの赤茶色のドアが五つ。その一番奥まで、僕らは歩いていった。

「だからもし、何かあっても許してやってほしいんだよ」

まじめな顔をして坂本が言うので、僕はわかったとうなずいた。頼むな、と坂本は言い、ドアに向き直った。表札には古いシールの跡があり、鉛筆で小さく×印が書かれている。

坂本はドアをどんどんと叩《たた》き、「木戸さん」と言った。「木戸さーん」もう一度大声を出し、ドアを叩いた。

「……いないか」

坂本は錆《さ》び付いたポストを無造作に開き、中に手を突っ込んだ。くしゃくしゃとした古いチラシの下を探ってカギを取りだすと、ドアノブに差し込んだ。

かちゃり、という簡単な音がしてドアが開いた。

「どうぞ」

坂本に誘《いざな》われ、僕は玄関に立った。

全体で四畳か五畳くらいだろうか。六畳はない感じの、薄暗い部屋だ。玄関の右手に簡単な造りの流しがある。左には木製の扉があり、中はトイレらしい。壁際には敷きっぱなしの布団。床に置かれたテレビの脇には、酒瓶が十本くらい並べてある。

先に靴を脱いだ坂本が、部屋に上がった。部屋の真ん中には小さなちゃぶ台があり、その上に大きな灰皿と、さきイカのようなものを食い散らかしたトレー。床には五、六冊の雑誌が散らかっており、布団の脇には衣服やらタオルやらの山がある。

坂本は買ってきた食材を流しに置き、無言で雑誌を拾い集めた。僕はゆっくりと靴を脱ぐ。

坂本は布団を三つに折って壁に寄せ、散らかっていた衣服を畳み始めた。

「まあ、くつろいでてくれよ」

「くつろげねえよ」

坂本は少し笑いながら、木戸さんの服を畳み続けた。僕は立ったまま坂本を眺めた。服を畳み終えた坂本が、今度はちゃぶ台の上のゴミを片付け始める。

僕はあらためてこの部屋を見渡してみた。流しの上にある小窓が、この部屋で唯一採光の役割を果たしている。そこから奥に行けば行くほど部屋は暗くなり、大きな窓に突き当たる。窓のあたりが一番暗い。

「この窓、カーテンがないんだな」

「必要ないんだよ」

僕は窓に歩み寄り、外を見てみた。目の前に隣の建物のトタン壁があり、外界を完全にシャットアウトしている。光と外からの視線を遮るために存在するカーテンは、確かにこの窓には必要ない。

ゴミを捨てた坂本が、ドアを開け放した。

「窓開けてくれるか」

重たい窓を引くと、もやーん、と風が入ってきた。

窓の下を見ると、真新しい段ボールが三つ並んでいた。上を覗《のぞ》いてみると、遠くのほうに隙間の形をした空が見える。

坂本は長い柄のほうきを握り、掃き掃除を始めていた。

「なあ、」と僕は言った。「お前、何でそんなことやってるの？」

「しょうがねえんだよ」と、坂本は言った。「まあ、くつろいでてくれよ」

「くつろげねえよ」

坂本は笑いながら部屋から玄関に向け、さっさっ、とほこりを掃き出した。

一体何だっていうのだろうか？　何でこいつはそんな〝お母さん〟みたいなことをやってるのだろう。だいたい掃き掃除なんて、見るのは久しぶりだ。

掃除を終えた坂本が、今度は流しに立った。大きなアルミ鍋に水を張り、昆布の切れ端を沈める。それからまな板を取りだし、白菜を切りはじめた。

「手伝おうか？」

「いや、狭いからいいよ」

流しに換気扇はなく、その代わりに小窓が開けられていた。ガスコンロは一口しかなく、確かに手伝いのしようもない。

流しに立つ坂本の背中を、僕は眺め続けた。

「これが欲しかったんだよな」

鼻歌を歌う感じに、坂本は言った。さっきスーパーで買ってきた銀色のザルに、切った白菜を放り込んでいく。よく見ると、包丁やまな板も新しいものだ。

「もしかして包丁とかも、お前が揃えたの？」

「そうだよ」

何でもないふうに坂本は言った。

とん、とん、とん、とん、と軽快な音をたてながら、坂本は材料を切る。ネギ、春菊、えのきだけ、しいたけ。下処理を済ませた食材が、次々とザルに盛られていく。最後に坂本はしらたきを適量つまみ、くるん、と器用に結んだ。一体何だっていうのだろうか？

鍋の準備が済むと、洗い物が始まった。僕はすることがなかった。しょうがないので、ちゃぶ台の前に座り坂本を待った。ちゃぶ台には、巨大な灰皿が置いてあった。

「早く帰ってこないかな、木戸さん」

洗い物を終えた坂本が、部屋の電気をつけた。ぱっ、ぱっ、と蛍光灯がまたたき、じー、と変な音が鳴った。部屋は少しだけ明るくなった。

「木戸さんが戻るまで、ちょっと待っててくれよ」

坂本がちゃぶ台の向こうに座った。

「なんだかな……」

僕は坂本を見つめた。ヤツはなぜだか嬉しそうな顔をして、正座をしている。するとことがなかったので、テレビの電源をつけようとした。

「ごめん」と、坂本は言った。「それ映らないんだよ」

映らないテレビ――。それは水の入っていないプールや、開かない傘と同義で、光の入らない窓や、届かない夢の仲間だった。そのことについて何かを言おうと思ったが、やめておいた。突っ込みどころなら他にいくらでもあるのだ。

僕らはしばらく黙った。何もすることがなかった。昼に焼きそばパンを食べたきりだったから、腹が減っていた。

「もう鍋、始めちゃおうか」と、僕は言った。

「だめだよ」

きっぱりとした口調で坂本は言った。毅然《きぜん》とした態度だった。

「腹が減ったんだよ」と、僕は言った。「義理とか人情とかも大切だけど、今ここにある食欲は最優先事項だと思うんだよな」

「だめ、絶対」

坂本のメガネの奥の細い目が、禁止薬物を規制するように、きりっと光った。

何だその目は、と思った。もう少し待つのは別に良かったが、こいつの固い頭は要改善だ。

「馬鹿だなお前は。今から鍋を作れば、案外できあがったころに帰ってくるもんなんだよ。物事ってのはそういうふうに流れていくんだよ。腹を空かせて待ってたら、帰ってくるものもこなくなっちゃうだろうが」

「そんなわけないだろ。めちゃくちゃ言うなよ」

坂本が横目で僕を睨《にら》んだ。

「お前は案外、木戸さんのことをわかってないんだな」

僕は諭すように言った。

「こういう部屋に住んでいるような人は、その辺の野性の勘はきっちり働くもんなんだよ。いいタイミングで帰ってくるはずなんだよ」

坂本は、はっとした顔になった。何か思いあたるエピソードがあるらしかった。

「このまま待つってことは、実は木戸さんのことを馬鹿にしてるってことになるんだぜ。木戸さんはそんなしょっぱい人じゃないだろ？」

坂本は何ごとかを考え続けている。

「こういう部屋に住んでいる人は、食い物関係のことだけは強いはずなんだよ。信じようぜ」

坂本はメガネのブリッジに手をやり、静かに「わかった」と言った。

しかし結局、鍋が完成しても、木戸さんは帰ってこなかった。

コンロの火を止めた坂本が、そら見たことか、という顔をした。

「ひとまず運んじゃおうよ」と、僕は明るく言った。

ちゃぶ台の上に皿や箸《はし》やコップを並べ、真ん中に古雑誌を置いた。慎重に運んだ鍋を、そこに載せた。

「先にできちゃったな」

憮然《ぶぜん》とした表情の坂本に、僕は笑顔で対抗した。

「ひとまずさ、豆腐かなんか食べてれば、ひょっこり帰ってくると思うな、俺は」

「そんなのはわからない」と、坂本は暗い声を出した。

「だけどこうなったらもう、食べるしかない」

「そうだよな、しょうがないよ。まあ、ちょっとだけ先に始めさせてもらおうよ」

僕は素速く鍋の蓋《ふた》を取った。湯気と一緒にいい匂いが漂う。

「おおー」満面の笑みを僕は作った。「めちゃめちゃ旨《うま》そうだな」

何度か落としたらべこべこに変形しそうなアルミ鍋だったけど、中身は上等だった。小集団をなす具材が、それぞれの旨さを熱く主張している。彩りもいい。

考えてみたら、鍋なんて久しぶりだった。僕は豆腐をおたまですくい、取り皿に取った。ふうふうと吹きながら口に運ぶ。

豆腐のかけらは、始まりに相応しい熱さで胃に落ちる。ちゃぶ台の向こうでは、坂本がメガネを曇らせながら魚肉ソーセージを食べている。

「ところでさ」と、僕は言った。「何で魚肉ソーセージなの？」

「結構いいダシが出るんだよ」

「本当かよ？」

「本当だって」

ようやく笑顔に戻った坂本が、テレビの裏に手を伸ばし、ターキーのボトルを出した。瓶にはマジックで「さかもと」と書いてある。この部屋には間違い探しみたいに、おかしなところがたくさんあった。

僕らはターキーを注《そそ》ぎ合い、ちびりと飲んだ。染みるねえ、と言い合いまた鍋をつついた。汗をかきながら、ふうふうやっていると、突然、木戸さんが戻ってきた。

「お、」

木戸さんは、初めて会う僕にではなく、鍋に対して言った。

「おじゃましてます」急に緊張しながら僕は言った。

「ああ」と木戸さんは簡単に言い、まっすぐ歩いてきた。座ると同時に鍋に箸をのばし、鶏肉を食べはじめた。

「うめえな、これ」

木戸さんは「鶏肉、鶏肉」と言い、また鍋の中を探った。

「うめえよ、これ」

木戸さんはまた大きな声を出した。

「大野といいます。はじめまして」

「おう。坂本に聞いてるよ。うめえな、これ」

木戸さんは立ち上がり、窓際まで歩いていった。窓から身を乗りだすようにして手を伸ばし、下をまさぐった。戻ってきた木戸さんの手には、ウィスキーのボトルがあった。

「ウェルカムだよ。大野君」

木戸さんは僕の肩を叩いて笑った。そしてまた鍋に向き直り、「鶏肉、鶏肉」と言った。坂本が嬉しそうな顔をして、僕らを見ていた。

「木戸さん」と、僕は言った。「もしかして窓の下の段ボールって、全部酒なんですか?」

「おう」木戸さんはウィスキーをコップに注いだ。

「おかげで酒に関してはしばらく安泰だな」

「あんなにたくさんどうしたんですか？」

「それはまあ、訊かないでくれ」

木戸さんがそう言うと、隣で坂本がそっと目を伏せた。どうやらそれ以上訊くのは、やめたほうが良さそうだった。

「まあ、あれだ」と、木戸さんは言った。「もう二度としないから心配するなってことだ」

木戸さんはウィスキーを、くいっと呷《あお》った。

「一度くらいはそういうこともありますよね」

僕もターキーをくいっと飲んだ。

「何を勝手に察してやがる」

木戸さんはまたウィスキーを、くいっとやった。

「法律のこともありますけど、坂本を悲しませるようなことは、するべきではないです」

僕はまたターキーを飲んだ。

「お前……」と木戸さんは言った。「なかなかいいこと言うじゃねえか」

そしてまたウィスキーを、くいっとやった。

「白菜も旨いですよ」

遮《さえぎ》るように坂本が大きな声を出した。

「おお」と、木戸さんは言い、おたまを手に取った。だけどすくい上げたのはまた鶏肉だった。横柄な態度をとるけど根はいい人は、全体に肉ばかりを食べた。反対に心優しき小太りは魚肉ソーセージばかりを食べた。遠慮してというわけではなく、本当に好きみたいだった。そして二人とも酒を驚くほどよく飲んだ。僕らはわりとどうでもいい話をしながら、鍋をつつき、酒を飲んだ。

木戸さんは明らかに難人物のオーラを放っていたが、基本的にシンプルで気のいい人に思えた（後で坂本に聞いたところによると、それは食べ物と酒があるからなのだそうだ）。

鍋があらかた空になるころには、三人ともいい具合に酔っぱらっていた。

坂本はここでも飯塚さんの話を始めていた。今日、飯塚さんと話したんですよー、などと、ヤツは僕にではなく、木戸さんに聞いてほしそうにしゃべった。聞いているのかいないのか、木戸さんは、ぷはー、と煙草をふかした。

「お前には彼女がいるのか？」と、木戸さんが僕に訊いた。

「ええ、います」

「なに？」木戸さんは横目で僕を見た。「彼女がいるのに、こんなとこに来てていいのか？」

僕は説明した。僕らは週に三回電話をかけあって、週末に会うのだと。そういうことに決めたのだと。

木戸さんは黙ったまま、煙草を吸った。

「お前、単純な興味として訊くけど、いいか？」

「ええ」

木戸さんは煙草の火を消し、僕に向き直った。

「週末に会うとか、そういうことに決めたとか、そんなもんが恋なのか？」

「ええ、恋です」

「……そうか」と木戸さんは言って、僕から目を離した。

「俺にはわからねえけど、いろんな恋があるんだろうな」

木戸さんはもうそれ以上興味なさそうにウィスキーを飲んだ。隣では坂本による、果てしなき飯塚さん賛美が続いていた。

「木戸さん」と、僕は問うた。坂本にも聞こえるよう、大きな声を出した。

「義理とか人情とかも大切ですけど、目の前の食い物は最優先事項ですよね？」

「何言ってんだよ」と、木戸さんは言った。「そんなの当たり前だろ」

そら見たことかという表情を、今度は僕が坂本に向けてした。

坂本は驚いた顔をして僕を見つめた。新しい概念に気付いた善良な使徒のようだった。

◇

次の週の火曜日、僕らはまた木戸さんの家に行った。どうして行ったのか、わからないけど行った。その次の週も行った。

スーパーで鍋の材料を買ったあと、坂本に訊いてみた。

「お前さ、何でそんなに木戸さんに親切にしてんの？」

「地元で、さんざん世話になったんだよ」

木戸さんのアパートは、駅からもスーパーからも遠かった。

「昔は格好いい人だったんだけどなあ……。金も持ってたし」

坂本は遠くを見る表情になった。僕らはスーパーの袋をぶら下げて陸橋を渡っていた。丸い夕日が、そこからは見えた。

「だけど俺はさ、」

陸橋の真ん中あたりで、坂本は言った。

「あの人がいたおかげで、苛《いじ》められなかったんだよ」

夕日が照って、坂本のメガネが白く光った。陸橋の下を、銀色の電車が通り過ぎていった。

昔格好良かったという木戸さんは、僕らがいようがいまいが、いたってマイペースに振る舞った。寝たり起きたり、大声を出したり、毒づいたり、ということをランダムに行った。急激にテンションを上げたり、号令をかけたり、反対に何かをじっと考え込んだりした。

全体に本能という言葉が似合う人だった。妙にセンチメンタルなことを言うときもあったし、よくわからない主張を腹に力を込めて放つこともあった。

木戸さんは何かあるとすぐ説教を始めた。

あるときは恋に悩む坂本に、「お前、学生の本分は何なんだよ」と説教しだした。それだけは、あんたにだけは、言われたくない（だけど言われた坂本は、帰り道にしみじみと「俺はもっと真剣に勉強しなきゃなあ」とつぶやいたりする）。

坂本は木戸さんのために、かいがいしく鍋を作った。

鶏肉がメインの鍋には魚肉ソーセージが入り、豚肉がメインの鍋には餃子《ギョーザ》が入った。そういうことにしているみたいだった。豚肉と餃子の組み合わせには、僕も特に異論はなかった。

「鍋はいいよなあ」

木戸さんは鍋を目の前にしたときだけ、優しい声を出した。

「鍋ってのは、最強の調理法だな、おい」

木戸さんに鍋を褒められると、坂本はとても嬉しそうにした。

鶏肉がメインのときには「鶏肉、鶏肉」と言いながら、豚肉がメインのときは「豚肉、豚肉」と言いながら、どっちにしても木戸さんは肉ばかりを食べた。

「木戸さん！」僕は時に声を上げた。「それは俺の肉ですよ」

「うるせえ」木戸さんは吠えた。「肉にキープなんかねえって言ってんだろ」

肉にキープなし……。木戸さんの主張には、いつも妙な説得力があった。

何もないその部屋だったが、酒だけは窓の下にたくさんあった。木戸さんの酒量も大したものだったが、坂本はもっと凄かった。坂本は最初から最後まで、全くペースを変えず、淡々と飲み続けた。僕らがさんざん酔っぱらって、もう飲めねえやあ、となっても一人で飲み続けた。

そして飯塚さんの話を始めるのだった。

「またミッチーの話かよ。進歩のねえ野郎だな」

木戸さんは飯塚美智子さんのことを、ミッチーと言った。

「まあいいじゃないですか。聞いてくださいよ」

まどろむ寸前の僕らに向かって、坂本はとうとうと飯塚さんを賛美した。回る意識の中でそれを聞いていると、本当に飯塚さんが天使のように思えた。

「でもね、最近、飯塚さん冷たいんですよ。ねえ、聞いてくださいよー、木戸さーん」

「うるせえな。聞いてるよ」

木戸さんは肘《ひじ》を立てて、寝転がっている。

「今日だって、坂本君はいいよねー、私は出席しないとダメだから、なんて言うんですよお」

坂本はいつまでも一人でしゃべり続けた。

「おい、ほら」

木戸さんは寝転がったまま、足の先で坂本をつついた。

「俺をミッチーだと思って抱きついてみろ」

「何言ってるんですか。思えるわけないじゃないですか」

木戸さんはゆっくりと立ち上がり、坂本を、がばり、と背後からの絞め技に捉えた。

「ほら、ミッチーだぞお」

「やん、やめてくださいよー」

やん、じゃねえだろうが、と僕も坂本に蹴《け》りを入れた。ぎゃあぎゃあとじゃれ合う二人を見て微笑ましく思えるのは、単に僕も酔っているからだった。さんざん飲んでいると、もう帰ったりするのも面倒くさくなって、三人で寝床を奪い合うようにして寝た。

「木戸さん」あるとき僕は訊いてみた。

「何で俺たち、木戸さんに敬語を使っているんですかね?」

「ん？　何でなんだ？」

木戸さんは質問に質問を返した。

「だけどまあ、いいんじゃねえのか。大した敬意を持てないときこそ礼儀ってやつが便利だろ。そういう関係の中からしか出てこない言葉とかもあるだろうしな」

言ったあと木戸さんは、じっと何かを考えた。

「考えてみれば礼儀ってのは凄くいいな。世界三大美徳のひとつには入るだろうな」

木戸さんの良くわからない主張には、いつも妙な説得力があった。

◇

キャンパスは夏休みに入っていた。

彼女は平日は毎日、アルバイトの予定を入れたらしかった。僕と彼女は、今までと同じように週末に会った。混み合う行楽地は避け、買い物や映画によく行った。

僕と坂本は、引っ越しのアルバイトを始めていた。電車に乗って事務所まで行き、そこから別々のトラックに乗って、見知らぬ場所へ行った。見知らぬ場所から見知らぬ場所へ荷物を運ぶと、見知らぬ人がご祝儀《しゅうぎ》をくれたりした。

火曜日になると、僕らは仕事上がりに事務所で待ち合わせた。そしてそのまま木戸さんの家に行った。結局あのとき以来、毎週、木戸さんの家に行っていた。

僕は週が明けると、木戸さんはどうしてるかな、と考えるようになっていた。火曜になると、特に行きたいわけでもないのに、坂本と連れだって木戸さんの家に行った。もしかしたら僕は、坂本にハメられたのかもしれなかった。

どうして決まった曜日に行くのかわからなかったが、毎日木戸さんというのはキツいのでちょうど良かった。案外坂本も、同じような気持ちかもしれない。

木戸さんのアパートには扇風機しかなかった。だけど窓を全開にして、最大風力で扇風機を回せば、何とかなるものだった。あとは蚊取《かと》り線香《せんこう》を焚《た》いておけばいい。

僕らはだらだら汗をかきながら、鍋を食べ酒を飲んだ。ときどき三人で連れ立って、銭湯にも行った。

ある日のことだ。ふと思い出したように、木戸さんが言った。

「ところでよ、ミッチーってのは、どんな女なんだ?」

豚肉をメインにした鍋が、まだ半分以上残っていた。

「どんなって、わりと普通の人ですよ」

と、僕は言った。

「そんなことないだろ」

下腹に力を込めた発声で、坂本が怒鳴った。

木戸さんは箸を置き、「おい」と言った。「ミッチーの写真を見せろ」

「馬鹿だなあ、木戸さん」と、僕は言った。

「写真なんか持ってるわけないじゃないですか。なあ?」

坂本はじっと黙っていた。

「……まさかお前、持ってんの?」

坂本は黙り続けた。どうやら持っているらしかった。

「ちょっとだけですよ」

と坂本は言い、財布から写真を取りだした。

パウチされてブロマイドのようになった写真の中で、飯塚さんが体を捻《ひね》るようにして笑いをこらえている。真剣な表情で木戸さんがそれを見つめる。心配そうな顔をして、坂本がそれを見守る。

「そうか……」

写真から目を離した木戸さんは、溜《た》め息をつくようにして言った。

「やるじゃねえか、坂本」

しばらくして木戸さんは言った。「ミッチーは凄くいいな。もの凄くいいぞ」

坂本は照れたように口元をゆがませた。

「俺は断然、坂本を応援するぞ」

木戸さんは何かに深く感じ入ったのか、そのあと黙ってしまった。どうやら飯塚さんの何かが、木戸さんの琴線《きんせん》に触れたようだった。飯塚さんは東北出身者に等しく響くらしい。

木戸さんが深く感じ入っている間に、僕は肉をたくさん食べた。

◇

九月になった。

週末に彼女と会い、火曜に木戸さんの家に行く。そんな生活がどこへ向かうでもなく続いていた。

この前の土曜日は彼女の提案で横浜に行ったから、と月曜日の僕は考える。今日は僕が電話をする番だ、と時刻を確認する。

電話に出た彼女は、ふふふふ、とまずは笑った。時間どおりにかかってくる電話が、秘密めいていて可笑しいらしかった。笑って心を和ませたあと、僕らはどこに繋がるでもない話を交わした。

彼女が猫に噛《か》まれて口内炎になったこと。猫に悪気はないということ。チワワとダックスフントを掛け合わせたチワックスというものがいるらしいこと。チワックスは長いチワワというより、短いダックスフントに近いということ。それじゃああまり意味がないよね、ということ。

電話はだいたい三十分くらいで終わった。

クーラーの効いた部屋で、僕はカレンダーを眺めた。十二月まで、あと三ヶ月だった。僕らは三ヶ月後にそういうことをするんだ、と思った。何だか考えにくかったけど、そういうことだった。

初めて昔の彼女とそうなったときのことを、僕は思いだしていた。

そうなる前、頭と体は激しくその先を求めていた。その先に進みたい、というのは全くおかしな気持ちだった。

だけどなぜだろう？　したかったのに、そうなるために細かい計算をいっぱいしたのに、頭は奇妙に醒《さ》めていた。その先って何だろう、そんなことを考えていた。動いている自分も応えている彼女も、他人みたいだった。いつかこういうことも自然な営みに変わるのだろうか？

そんなことを考えていた。

終わったとき、何だか不思議だと彼女は言った。

僕はそのときの彼女の抱き心地の良さに感動していた。綿毛のように軽く、マシュマロのように安らかだった。

僕は一番優しい気持ちになれていたんだと思う。終わったあとの、一番性差を感じない、ただ抱きしめて、眠りたいとき——。僕は何よりも、誰よりも、彼女に対して優しい気持ちになれたと思った。

それは僕らにとって新しい領域だったかもしれない。そんなものがあったことに、僕は感動していた。こういうふうになれて良かったなあ、と思っていた。

そのことを伝えると、彼女は不思議そうな顔をして僕の目をのぞき込んだ。それから、わかる、と言ってまた僕の胸に顔を伏せた。

浪人生活を始めたとき、その彼女とは別れた。今どこで何をしているんだろうな、と少し考えた。

◇

夏休みが終わり、後期の授業が始まった。

休み明けのざわついた教室で、僕らは授業のオリエンテーションを受けた。

周りにはカップルが三組増えていた。普通のカップルが一組に、バカップルが二組だった。彼らはそれぞれ有意義な夏を過ごしたようだった。

そして坂本は全然気付いていなかったが、飯塚さんにも、誰かと付き合いはじめた雰囲気があった。もしそれが本当だったら、少し残念な気がした。坂本と飯塚さんだって、普通に並べばお似合いのカップルかもしれないのだ。

だけどしょうがねえよ坂本、と思った。僕らは休みの間に、三十六件の引っ越しを手伝ったのだ。結婚、出産、引っ越し。そういう世界三大転機のひとつに、三十六件も関わっていたのだ。その間に新しい恋の一つや二つは、簡単に育ってしまうだろう。それはしょうがねえよ、坂本……。

僕は週末になると正しく彼女と会い、火曜になると木戸さんの家に行った。蚊取り線香も扇風機も、そろそろ必要なくなってきていた。

木戸さんといると、腹が捩《よじ》れるほど可笑しいことがあった。

彼女といると、うっすら淡く、どきどきすることがあった。

小さな何かが、ぽーん、と音叉《おんさ》を鳴らすように僕の心に響き、やがて減衰して消えていった。もう消えたかな、と思って耳をすますと、かすかに聴こえていたりした。そんなときは、嬉しくなって日記をつけたくなった。

僕は今、何の途中にいるのだろう、と思っていた。

僕は今、どんな途中にいるのだろう、と思っていた。

◇

夏の余韻は徐々に消え、季節は秋になった。

飯塚さんに関する小さな懸念は少しずつ疑念に変わり、やがて僕の中で確信に近くなった。

坂本はまだ気付いていなかったが、もう隠せるものでもなかった。

やがて坂本の中でも疑念が芽生えたとき、僕は「どう思う？」と質問を受けた。

「本当のことはわからない」

僕は坂本をまっすぐに見た。

「だけどその可能性は高いと思う」

坂本はじっと僕を見たあと、「そうか、やはりな」と、おかしな言い回しで言った。

その後、坂本はいろいろなところから情報を集めたらしい。そして僕と同じ結論に到ったようだった。

もっと混乱したり、泣き言を言ったりするのかと思ったけれど、彼は冷静に振る舞った。その姿は気丈といっても良かった。彼はいつもと同じように授業を受け、いつもと同じように飯塚さんとも挨拶を交わし、いつもと同じようにベビースターラーメンを食べた。彼がどのようにその事実を受け入れたのかはわからない。ただメガネの奥の優しい目は、いつもと何も変わらないように見えた。

火曜になり、僕らは木戸さんのアパートに向かった。

スーパーで食材を買い、二人並んで木戸さん宅への道を進んだ。

「今日の鍋は俺が作ろうかな」と、僕は言った。

「いや」と、坂本はきっぱり言った。「鍋は俺が作る」

陸橋の上から、夕日は見えなかった。もう日が短くなってきたのだ。僕らは黙ったまま、その橋を渡った。

木戸邸に着くと、坂本はいつものように鍋を作った。

いつものように三人で鍋を囲み、いつものように酒盛りをした。

木戸さんはやはり肉ばかりを食べ、坂本は魚肉ソーセージを好んで食べた。鍋の中身は減り、同時に酒も進んだ。少しだけ坂本のペースが速かったかもしれないけど、表面上は、いつもと同じ鍋だった。だけど良い具合に酔っぱらって、もうそろそろ飲めないやとなったころ、それは起こった。

「木戸さん」と、坂本は言った。

言ったきり坂本は黙った。背後に深刻な雰囲気が、漂っていた。

ついに来たか、と僕は静かに思った。ここで来るのか、というのは妙に納得のいくことだった。坂本はそのまま何もしゃべらなかった。

肘をついて寝転がっていた木戸さんがゆっくりと起きあがった。カキン、とジッポを鳴らして煙草に火をつけ、ぷはー、と煙を吐く。

「何だよ」と、木戸さんは言った。

坂本はなかなか口を開かなかった。木戸さんは、とんとん、と灰を落とし、煙を吐き続けた。

「……実はですね」うつむきながら坂本は言った。「ミッチーに彼氏ができちゃったんです」

坂本は木戸さんの前では、飯塚さんのことをミッチーと呼ぶようになっていた。

木戸さんは煙草を灰皿に押し付け、ゆっくりと火を消した。

「どんな野郎だ」木戸さんは厳しい声を出した。

「……長澤さんって人です」

「誰だ、それは」

データ派の坂本は、その男についてぽつぽつと説明した。男の名は長澤一徳。経済学部で僕らより一学年上。静岡出身。身長は175cmくらいで、体重は60kgくらい。茶髪。ヨット部の副部長をしているらしかった。

「ヨット部だと？」木戸さんは坂本の解説を遮った。

「ヨットってあのヨットか？」

坂本がうなずくと、木戸さんは沸々《ふつふつ》と怒りを燃やしはじめた。ふざけやがって、と木戸さんは唸るように言った。どうやらヨットという概念《がいねん》が、木戸さんの何かと激しくかち合うらしかった。

「ヨット野郎なんかに、ミッチーの良さがわかるわけねえだろうが」

木戸さんは僕を睨んだ。

「違うか？　そうだろうが」

「……ええ」と僕は言った。

「おい」木戸さんは坂本に向き直った。「俺は認めねえ。断じて認めねえぞ」

木戸さんと坂本はしばらくの間、睨み合った。坂本がメガネの隙間から、目をこすった。

「そんなもんが、認められるわけはねえ」

坂本はこらえきれなくなったのか、膝《ひざ》に顔をうずめてしまった。木戸さんはしばらくそれを睨んでいたが、やがて目をそらし、また煙草を手にとった。

カキン、と音がして、煙草の火がついた。濃い乳白色の煙が、天井に向かって、ゆらゆらと立ち昇っていく。木戸さんは視線を煙の先に据《す》え、じっと何かを考え始めた。

「……まあ、飲みましょうよ」

僕は木戸さんに酒をすすめた。が、全く反応しない。

「坂本も飲もうぜ」

僕は坂本の肩を叩いた。

「飲んで忘れちまおうぜ」

ゆっくり顔を上げた坂本が、こくん、とうなずいた。

「木戸さんも飲んでくださいよ」

木戸さんはまっすぐ前を見たまま、ウィスキーをぐいっと呷った。

僕らはその後、なんだか義務みたいに飲み続けた。

木戸さんはずっと黙ったままだったし、坂本もほとんどしゃべらなかった。僕だけが、まだまだこれからだよ、とか、世界の半分は女なんだからさ、とか、そんな言っても言わなくてもいいことを馬鹿みたいに繰り返した。

僕の発しているのは、単なる音だった。だけど音を出し続けるのが、そのときの僕に唯一できることだった。坂本の良さをわかってくれる人がきっと現れるとか、飯塚さんにもいずれわかるとか、これからは東北メガネ男子が熱いとか、そんな無意味な音を僕は発し続けた。誰かがちゃんとした言葉を吐くか、あるいはもう寝てしまうか、そのときが来るまで僕は音を発し続けなければならないと思っていた。

だけど限界が近づいてきた。僕の音は次第に力を弱め、フェードアウトしていった。もういいや、ウィスキーを飲み、確認するように思った。僕はよく頑張った。もういい。僕はゆっくりと口を閉ざした。

しーん。

部屋は簡単に静かになってしまった。音の消えた部屋を、時間だけが支配した。

三人の男はそれぞれ違う方向を向きながら、ウィスキーを口に運んだ。木戸さんはときどき煙草を吸い、坂本はときどき溜め息をついた。

だけど沈黙は思ったよりも不快ではなかった。不安でも不快でもなかった。そうだった、と僕は思いだした。地球の夜には、もともと音なんかなかったのだ。

……。

……。

……。

――おい。

木戸さんの声が夜の底に響いた。その声は歴《れっき》とした言葉だった。力強い精神を含んだ木戸さんの言葉が、くっきりとした輪郭でこの夜に響いた。

「お前はこれからどうするつもりなんだ？」

木戸さんは坂本に向かって、言葉を継いだ。

「どうするって、どうしようもないじゃないですか」

「そんなことはねえ」

「……」

坂本は無言で木戸さんを見つめた。木戸さんは手を後ろについて、遠くを眺めている。

「やっちまうか」

木戸さんはつぶやくように言ったあと、坂本を見据えた。

「何をですか？」

「だからだ。そのヨットマンを、ぼこぼこにやっちまうんだよ」

「できるわけないじゃないですか」坂本は泣きそうな声を上げた。

「決めつけんじゃねえよ。さわやかにやっちまえばいいんだ」

「そんなのメチャメチャですよ」

「違う」と、木戸さんは吠えた。

「どうしても納得できねえんだったら、殴っちまうのも一つの方法だろうが」

「僕にはできません」

「馬鹿野郎！」と、木戸さんは怒鳴った。「お前は良い悪いだけで、ずっとやってくつもりなんか？　そんなに悪者になるのが嫌なんか？」

「だって」

「坂本」と、僕は声を出した。僕はようやく言葉を放ったと思った。

「それはいいかもしれねえぞ」

坂本は驚きの表情で僕を見た。そのときの僕には、木戸さんの主張がとても真っ当に聞こえていたのだ。

「木戸さん」と、僕は言った。「三人でやっちまいましょう」

「おう」木戸さんは、にやり、と笑った。「さわやかにやっちまうぞ」

「いいですね。ぼこぼこにしちゃいましょう。ほら、坂本はまだ飲めるだろう。飲めよ」

坂本は僕に疑いの表情を向けながら、ウィスキーを飲んだ。

「だいたい、何がヨットだって話ですよね」

「そのとおりだ。どう考えてもヨットだけは許せねえ」

「ぼっこぼこにして、帆《ほ》に磔《はりつけ》にしてやりましょう。なあ、坂本もやるだろ？」

「……俺は別にヨットに恨みはないよ」

「何言ってんだ」と、木戸さんは大声を出した。「だいたい、そんなマッチョな野郎にミッチーの良さがわかるわけねえだろうが」

坂本は木戸さんを見つめ、ぐびり、とウィスキーを呷った。

「それは、実は俺もそう思います」坂本は小さく唸った。

「だけど木戸さん」と、僕は言った。

「ヤツは俺らより、明らかにフィジカルが強いですよ。体育会系ですからね」

「お前はサルか？　人間様はな、道具を使うんだよ」

「道具ですか」

「そうだ。いいか、覚えておけ。どんな筋肉だろうが、棒には敵《かな》わねえんだよ」

「覚えておきます」僕は木戸さんにウィスキーを注いだ。

僕らはそこから、まだまだ飲み続けた。僕と木戸さんは、どうやってそのヨットマンをしばきあげるかを話し合い続けた。

坂本はそれを聞きながら一人で飲み、ときどきぶつぶつと独り言を言った。そして次第に「お前もやるだろ？」という問いに、うなずくようになった。

痺《しび》れるような酔いと、立ち込める煙の中、僕らにはそれが正当な考えに思えていたのだ。もしかしたらそれは、本当に真っ当な考えなのかもしれなかった。考えとしてはシンプルで、さわやかなのかもしれなかった。

◇

次の日、目覚めるともう昼を過ぎていた。

起きた者から順番に流しに行き、顔を洗った。

僕は昨晩の鍋の残りを火にかけ、朝食用に買っておいたうどんを煮た。坂本が昨日の後片付けを始め、木戸さんは窓を開けた。

簡単に味付けをして完成させたうどんを、ちゃぶ台に運んだ。

僕らは無言でうどんを啜《すす》った。よくダシを吸ったうどんが、空っぽの腹に熱く落ちた。いつもながら鍋の後のうどんは旨かった。晴れのち曇り。鍋のちうどん。

ほどなくして鍋は空になった。木戸さんが煙草に火をつけ、煙を吐いた。僕らはそれぞれの体勢で、腹をこなした。

外は晴れていた。陽の差さない部屋からもわかるくらいに、良い天気だった。水曜、と曜日を確認するように僕は思った。今日の夜は、彼女から電話がかかってくる番だ。

やがて木戸さんは、煙草を灰皿に押しつけた。長い時間をかけて、木戸さんは煙草の火を消した。そして、行くぞ、と言った。

「……どこに?」

と、僕は訊いた。

「殴りに」と、木戸さんは当たり前のように応えた。

木戸さんはさっさと身支度を整え、トイレに入った。戻ってきて、「お前らも便所には行っとけ」と言った。こんなときだけ木戸さんの動きは機敏だった。

僕と坂本は順番にトイレに入った。出てくると、木戸さんが玄関で待っていた。

僕らはぞろぞろと外に出た。

空は一点の曇りもなく、気持ち良く晴れ渡っていた。こんな気持ちの良い日に、僕らはヨットマンを殴りに行く。

——木戸さん、僕、坂本。

RPGのパーティのように、僕らは一列になって進んだ。先頭を行く木戸さんも、後ろを守る坂本も、何もしゃべらなかった。僕らはただ黙って行進した。

途中、木戸さんはゴミ捨て場に立てかけてあった材木を手に取った。ぶるんぶるんとそれを振り、だめだ、と言ってまたゴミ捨て場に放った。からん、と音が鳴ってそれは倒れた。

本当は昨晩《ゆうべ》の時点でわかっていたことだった。木戸さんは本気だと。本気でやる人だと。そして僕や坂本には、そんな度胸も資質もないということを。

坂本の失恋に本気の言葉を放ち、相手を殴ろうなどと考える木戸さん。そんな木戸さんに、僕は昨晩、痺れたのだ。だからそのとき、僕もヨット野郎を殴ろうと思った。僕ら三人は、それをすべきだと思っていた。

だけど木戸さん、と僕は思った。もう夜は終わって朝になったんだ。当たり前だけど、そんなことは本当はやっちゃいけない。くだらない理由ならいくらでも言えた。飯塚さんの気持ちもそうだし、第一、ヨットマンは何も悪くない。坂本だって後悔するだろう。それより何より、こんなことは犯罪だ。

多分木戸さんは、全て呑み込んでいるのだろう。だからこそ、昨晩の木戸さんには価値があった。僕や坂本が付いていく気になったことや、今まさにこうして行進していること。それは木戸さんが生み出した価値だった。だからもう、と僕は思った。もう充分だよ、木戸さん。

駅への近道をしようと、児童公園のようなところを横切っている最中だった。「木戸さん」と僕は言い、足を止めた。

「すいません。もうやめましょう。本当にすいません」

僕は頭を下げた。

「何だそれは？」

ゆっくりと木戸さんが振り返った。

「すいません。これ以上は、やっぱり行けません」

「……そうか」低い声で木戸さんは言った。「わかった。お前は降りるんだな」

木戸さんはゆっくり息を吐いたあと、坂本に視線を移した。

「お前はどうなんだ？」

「俺もやめたほうがいいと思います」小さな声で坂本は言った。

「……そうか」

木戸さんは煙草の箱を取りだして、へりをとんとんとやった。

「降りたいんだったら勝手に降りろ。俺は一人でも行く」

「すいません」と、僕は言った。「それもさせられません」

「なんだと？」

木戸さんは手を止めて、僕を睨んだ。

「降りるやつには関係ねえ。これはもう俺だけの問題だ」

「だめです。させられません」

木戸さんが一歩近付いたと思ったら、衝撃が顔の左側で弾けた。びゅんという風切り音と、バチンという音が同時だった。視界が光る白色に染まり、少し遅れてそれが平手打ちだと理解した。ああ、こんなのは何年ぶりだろう、と思った。中学二年のとき、たらしてんじゃねえよ、たらしてねえよ、とオカヤンと殴り合って以来だった。

左後ろのほうでは、坂本が詰め寄られていた。何ごとかを坂本が言い、なら俺を止めてみろ、と木戸さんが怒鳴った。おそらくは木戸蹴りのようなものをくらい、坂本が低く唸った。

「させられません！」

木戸さんの本気に向かって、僕は大声を振り絞った。木戸さんは追加の蹴りを坂本にくらわせ、こちらを振り返った。

「ここまでです」

と、僕は言った。

「言うだけだったら、サルでもできるよな」

木戸さんは物凄い形相で僕を睨んだ。サルはしゃべれない、と思ったが、そんなことはどうでも良かった。

「……木戸さんに勝てばいいんですか？」

「なに？」

「言っときますけど、俺、木戸さんなんかに負けませんよ」

「……上等だよ」

木戸さんは左手に握っていた煙草の箱を、地面に放った。つかつかと僕に近寄り、胸ぐらを摑《つか》んだ。

「やめろ！」

そのとき、坂本が叫んだ。

木戸さんは一瞬動きを止めたが、また僕の胸元を捻り上げた。

「やめろ！」坂本は絶叫した。「どうしら！」

どうしら、と言われた僕らの動きは止まった。どうしら？　僕らはお互いの動きを牽制《けんせい》しながら、目の端で坂本の様子をうかがった。

坂本は、はあはあと荒い息を吐いていた。何かをぶつぶつぶつぶつ呟《つぶや》いたあと、メガネを外し、胸のポケットにしまった。

「どうしてもやるっていうなら、相撲で決着《ケリ》をつけろ！」

坂本はまたぶつぶつ唸りながら、足で円を描きはじめた。睨み合う僕と木戸さんの周囲に、土俵らしきものができ上がっていった。

「相撲をしろ！」

坂本が叫ぶのと同時だった。僕は木戸さんの足をすくって、襟首を支点に思い切り投げ飛ばした。ぶちぶちぶちぶち、と自分のシャツのボタンがちぎれ飛ぶのがわかった。

地面に転がった木戸さんは、何か吠えるような声を出し、次の瞬間には僕の腰に組み付いてきた。僕は木戸さんの襟とベルトを掴み、思い切り左右に振った。足を掛けて投げ飛ばそうとしたが、木戸さんが手を離さないので、一緒にもつれるように地面に倒れた。

公園の地面は、硬くて柔らかく、懐かしい匂いがした。僕は口に入った砂を吐きだし、そのまま木戸さんを引きずり起こした。そしてまた投げ飛ばした。

煙草ばかり吸って、運動をしない木戸さんは悲しいまでに非力だった。

僕は何度も木戸さんを投げ、引きずり起こして、また投げた。木戸さんは僕のシャツを摑む手だけは離さなかったけど、そのうち力を出さなくなってしまった。僕はそれでも木戸さんを投げ続けた。

やがて息をきらした木戸さんは、地面にへたり込んで、しまいに大の字になってしまった。寝転がる木戸さんの脇に、煙草の箱が落ちていた。

僕ももう限界だった。膝に手をあてて呼吸をすると、喉《のど》の奥で変な音が鳴った。止めようとしても止まらなかった。

坂本がゆっくりと木戸さんに近付いていった。

木戸さんは、しっしっという感じに手を振り、「行け」と言った。それでも坂本が突っ立っていると、木戸さんは「行ってくれ」と言った。

坂本に促され、僕は腰を上げた。僕らはのろのろと公園を出た。

公園の外から振り返ってみた。大の字になった木戸さんが煙草を吸っているのが、そこからは見えた。

空は晴れ、空気は澄み、風は凪《な》いでいた。こんな天気の良い日に、僕は木戸さんを投げ飛ばしたのだ。木戸さんの爪の痕《あと》が、裂傷となって両腕に残っていた。

◇

それから一週間が経った。

坂本は、まだ行かないほうがいい、と強く主張したし、僕もそんな気がしていた。結局、その週の火曜は木戸さんの家に行かなかった。

木戸さんは今何を考えているのだろうな、と一人の部屋で思った。ちぎれたシャツのボタンを縫おうとしたけど、ボタンが三つ足りなかった。これからが本来の鍋の季節なのにな、と僕は思った。考えてみれば僕らは、七月から一週も休まずに、木戸邸に行っていたのだ。

僕と坂本は、何ごともなかったかのように授業を受けた。何も知らない飯塚さんも、いつもと同じように授業を受けていた。知らないうちに命拾いした長澤さんも、どこかで何かをうまくやっているに違いなかった。木戸さんだけだった。木戸さんだけが、味方であるはずの僕らに、自分の往《ゆ》く道を潰《つぶ》されたのだ。

金曜の夜になった。

今日は彼女から電話がかかってくる番だった。ずいぶん早めに電話が鳴ったと思ったら、坂本からだった。

「おい」木戸さんふうに、坂本は言った。「今から富士に登るぞ」

「富士？　なんだよそれ」

「木戸さんから今、そういう指令があったんだよ」

坂本は嬉しそうに言った。

「車借りてそっちに迎えに行くからさ、今から出られるだろ？」

「……ああ」

「富士山だからな、真冬の格好をしておけよ」

「わかった」

僕は時計を見た。彼女から電話がかかってくるまでには、まだ時間があった。今いるかな、と久々に僕は思った。

「どうしたの？」

と、彼女は驚いた声を出した。考えてみれば、電話の順番のルールを曲げたのは、そのときが初めてだった。

「ちょっと急用でさ」と、僕は言った。「今、大丈夫？」

「うん、ちょっと待って」

電話の向こうで彼女が体勢を変え、飲み物か何かを用意する音が聞こえた。

僕は彼女に木戸さんの話をした。

木戸さんとの出会い。木戸さんが吐く言葉。木戸さんと坂本。肉と木戸さん。ヨットに敵意を燃やす木戸さん。公園で敗れた木戸さん。

話しながら思った。僕はどうして今まで、彼女に木戸さんの話をしなかったんだろうか。坂本に変な先輩がいるという話をしたことはあった。だけど『木戸さん』という単語を彼女に向けて発するのは、これが初めてのことだった。

「へえー」

僕の長い話のあと、彼女は言った。

「その木戸さんって人はさ、多分そのとき、何かを突破しようとしたんじゃないかな。本当はミッチーやヨットマンなんて、どうでも良かったんだよ」

僕の彼女は凄い人だった。彼女は楽しそうに、ふふふふと笑った。

「だけど大野君が立ち塞がっちゃったんだ」

「悪いことしたかな？」

「そんなことないよ。そんなことで突破できるものなんか、あるわけないんだから」

僕の彼女は本当に凄い人だった。彼女はまた小さく、ふふふと笑った。

僕は明日のデートのキャンセルを伝えた。初めてのキャンセルだった。

「うん」と、彼女は言った。「行っといでよ、富士山」


二十三時を過ぎたころ、坂本が僕の家にやってきた。

僕らはレンタカーに乗り、木戸さんの家に向かった。だけど木戸さんはまだ何も準備をしておらず、それどころか酒を飲んでいた。

「何してるんですか」と、坂本は言った。

「お前らが遅いからだろうが」

木戸さんは、坂本に促され、のろのろと立ち上がった。

「とにかく、富士山をなめちゃだめですよ」

坂本は可能な限りの防寒対策を、木戸さんに促した。木戸さんは、老いては子に従えとか何とかぶつぶつ文句を垂れながらも着衣を重ね、最終的にはもこもこした感じに仕上がった。

富士山に向けて出発したときには、もう一時を過ぎていた。

運転は坂本がして、僕は助手席でロードマップを開いた。後部座席の木戸さんは、着いたら起こしてくれ、と言って寝てしまい、高速道路に乗るころには、いびきまで聞こえてきた。

坂本が持ってきたCDをかけた。深夜の高速を、僕らは快調に飛ばした。魂のボーカリストが『境界の地を僕らは駆けよう』と熱く叫び、そのあと呼吸音がきこえるほどマイクに近付いて『僕はそこへ行くよ』とささやいた。

御殿場《ごてんば》を経由して富士山スカイラインに入った。高度が上がり、道が曲がりくねってくると、木戸さんが目を覚ました。

「どこだここは?」

「富士山の三合目あたりです」

ステアリングを握る坂本が答えた。

「今、何時だ?」

「五時半くらいですね」

しばらくして新五合目に到着し、駐車場に車を停めた。エンジンを切ると、ふいに静寂に包まれた。

ここの標高は二千四百mということだった。外に出ると、予想以上に気温が低いのに驚いた。

辺りはもう明るくなりはじめていた。

「うー」と唸りながら、木戸さんは小走りに進んでいった。「さみい、さみい」

僕らは伸びをしながら、木戸さんの後ろを追った。

先に駐車場の端まで行った木戸さんが、「おお！」と大声を上げた。「おお！」

「すげえぞ！」

木戸さんは前を見たままシャウトした。

僕らは木戸さんの元に駆け寄った。木戸さんの視線の先には、絶景が広がっていた。

「おお！」

雲海。前方は一面の雲海だった。じゅうたんのように密集した雲がどこまでも続き、その上に太陽が出ている。目の前には、空と太陽と雲しかなかった。

僕らは肩を並べて、その光景の前に立った。

「すげえ……」と、坂本は言った。

太陽が雲を赤く染めている。たなびく雲はゆっくりと流れ続ける。

「すごいな」と、僕は言った。今まで言葉とか写真とかで知っていた雲海というものは、何てチンケなものだったのだろうか。

「これはすごいぞ」木戸さんが興奮気味に叫んだ。

「墓場まで持っていけるぞ」

木戸さんの主張だけが、この光景と渡り合える気がした。

僕らはその場に腰を下ろし、その光景を眺め続けた。

ずっと前からこの人のことが好きだったんだな、と僕は思った。あまり大きな声で言うことじゃないけど、実は大好きだったんですよ、木戸さん。

太陽は少しずつ高度を上げていった。

「俺は今、はっきりとわかったぞ」

木戸さんはまっすぐ前方を見つめながら言った。

「俺はもう、全盛期《プライムタイム》を過ぎたんだよ」

感動的なこの光景に向かって、木戸さんは言葉を吐いた。

「何をやってもだいたい成功する、そこそこ満足できる。そういうところはもう終わってたんだよ。そのことに気付かずに、今までずいぶんだらだらしちまったわけだ」

雲は常に形を変え、ゆっくりと流れ続ける。

「お前らは今、そういう全盛期にいるんだぜ。だけどな、俺からアドバイスしといてやる。そういうのはいつか終わるんだぜ」

太陽の赤みが薄くなるにつれ、雲の輪郭がよりくっきりとしてきた。

「坂本」と、木戸さんは言った。「ミッチーのことはもう忘れろ。さっさと彼女をつくれ。それから勉強もしろ」

「はい」と、坂本は返事をした。

「大野」と、木戸さんは僕を見た。

「お前はどうする？　お前は俺に勝っちまったんだぞ」

僕は何も答えられなかった。代わりに「木戸さんはどうするんですか？」と、小さな声で訊いていた。

「俺はしばらく地下に潜る。だけどな、いつか必ず浮上してやる。そんときになったら俺はまた吠える。だからいいか、しばらく俺んちには来るんじゃねえぞ」

木戸さんは太陽を見つめたまま言った。

「しばらくっていつまで？」と、坂本が訊いた。

「それは俺が決める問題じゃねえだろ」

目の前にある雲が、いつも僕らが見上げている雲だとは、ちょっと信じられなかった。雲の上は、いつだってこんなに晴れ渡っていたのだ。いつだってこんなに晴れ渡っているのだ。

「お前らはここから登れ」と、木戸さんは言った。

「俺はここで待ってる」

空から目を離さず、木戸さんは言った。

◇

「全く、勝手だよなあ……」

と、坂本は言った。

僕らは二人で山頂を目指して歩きはじめていた。見上げる富士山は黒々として不気味ではあったが、頂上は案外近くに見えていた。

まだ登りはじめて十分くらいだったけど、坂本はもう、はあはあと息を切らしていた。休憩を多く取ったほうがいい、と、彼は深刻な顔で主張した。そうしないと高山病になる、と。

大げさなやつだな、と思っていたのだが、すぐに僕もつらくなってきた。

登山道には僕らの他に誰もいなかった。僕らの足音と息づかいだけが、音の全てだった。さっきまであんなに晴れ渡っていたのに、辺りはもうガスに包まれている。頂上まであと、どれくらいなんだろうか……。

一歩ずつ歩を進めながら、僕は木戸さんの問いを反芻《はんすう》していた。木戸さんに勝ってしまった以上、僕は覚悟を決める必要があった。

でも何の？　と僕は思った。

覚悟という言葉は、心地よく腹の真ん中に納まる。それだけで何かをなし遂げた気になりそうだった。だけどそうじゃないんだ。多分何かに白黒つけなきゃ、そんな言葉は使っちゃいけないのだ。わかんねーよ、と僕は思った。木戸さん、俺にはわかんねーよ。

そのまま五十分くらい登り、僕らは六合目に到着した。

――落石及び凍結のため、山頂まで通行禁止――

だけど六合目にあったのは、そんなことの書かれた通行止め看板だった。

「……富士山をなめてたな」

と、坂本は言った。

「ああ」

通行止めの看板の横を、抜けて進むことも可能だった。

「どうする？」

「ひとまず休憩しよう」

僕らはそこに腰を下ろした。自分でも驚くほど呼吸が乱れていた。空気が薄いんだよ、と、息を切らしながら坂本は言った。

しばらくすると、下から三人の登山者がやってきた。本格登山隊という感じの彼らは、僕らと違って、立ったまま休憩を取った。上から下までスキーウェアのようなフル装備で、大きなリュックを背負い、手にはスティックを握っていた。

坂本が彼らに近付いていった。何やらフレンドリーに話を交わし、最後にお辞儀をして戻ってきた。

休憩を終えた彼らは、僕らに手を振り、通行禁止の看板の横を抜けていった。

「……山頂まで六時間かかるってよ」

彼らの後ろ姿を見つめながら、坂本は言った。

基本的に今のシーズンは熟練した登山家しか登らないものらしかった。山小屋も閉鎖されているため、水や食料なども用意しておかなければいけない。凍結した岩肌を、ロッククライミングのように登ることもあるらしかった。

「ここで撤退だな」と、坂本は言った。

「木戸さんは五合目で、俺と坂本は六合目ってことか」

「そうだな。だけど俺たちはまだ、これくらいでいいんじゃないかな」

坂本はジーンズにダウンジャケットという姿で、運動靴を履いていた。

僕もだいたい同じような格好をして、首にマフラーを巻いていた。

「また来ようぜ」と、坂本は笑いながら言った。

◇

それから一週間が経った。

僕と彼女はいつもと同じように待ち合わせをしていた。

「久しぶり」

時間どおりにやってきた彼女が笑った。彼女と会うのは二週間ぶりなのだが、確かに久しぶりという言葉がよく似合った。

僕らは予定どおり映画を観て、ご飯を食べた。その後、手を繋いで散歩をした。夜の運河沿いを歩き、ベンチに座った。

周りに誰もいないことを、僕は素速く確認した。僕らはゆっくりとキスを交わした。

ふにゃり、とした彼女の柔らかい唇が、僕は好きだった。

風が彼女の前髪を揺らし、僕のこめかみをくすぐる。いつもどおりの黄金のタイミングで、僕らはゆっくりと顔を離す。ふふふふ、と彼女は笑った。

「見られてるよ」

「誰に？」

「月に」

見上げると大きな月が出ていた。

月に見守られながら、僕らはもう一度キスをした。今度は短いやつ。

岸を叩く水の音が、足下から聞こえた。対岸のビルの明かりが、水面に落ちている。

来月はもう十二月だった。少し冷たくなった風に吹かれながら、僕らは運河を見つめた。

遠くで、ぱしゃん、と音がした。目で追うと、水面が少し乱れている。しばらくするとまた同じ音が聞こえた。きらめく魚影が、薄明かりに跳《は》ねた気がした。

「なにかな？」

と、彼女が訊いた。

「ぼらが跳ねてるんだよ、多分」

僕らはなるべく視野を広くとり、水面に目をやった。しばらくすると、期待どおりにぼらが跳ね、とぽん、といって入水した。と、すぐにまた別の場所で、ぼらが跳ねた。今度は二ヶ所同時に、ぱしゃん、ぱしゃん、と音が聞こえた。

「えー」と、彼女は声を上げた。

「どうして？　どうしてこんなに跳ねるの？」
「満月だからだよ」と、僕は言った。
「満月の夜、ぼらは跳ねるのさ」
彼女は嬉しそうな表情で僕を見た。満月の下、僕を見る彼女がとても可愛いかった。

そのとき突然思ったことがあって、それをここに書いておこうと思う。

それは僕の意志や覚悟なんかとは全く関係ない、単なる実感だった。とても気持ちが良くて、甘ったるくて、優しい実感だった。それは突然僕に降りてきて、だけど驚くほど自然に体に馴《な》染《じ》んだ。

――愛情をただただ育みたいと願うこと。

僕らの愛情の交換にゴールなんかはなくて、白黒つけるものなんか何もなくて。それはただただ育むもので、得られる愛情も、与える愛情もそんなものはなく、ただただ育みたいと願うこと。そんな祈るような気持ち。
そんなものが降りてきたとき、僕は嘘みたいだと思った。そんなものがあるわけはないと思った。だけど、それ以外に何があるのだろう、とも思った。

少しずつ、少しずつ、大切に育んで。大きくなるものなんかじゃなくても、濃くなるようなものじゃなくても。ただひたすらに育んで、育んで。そう願い続けることだけが、愛情の交換なのかなって、そのとき僕は感じていた。

世界中を回るギブ&テイクの輪の中で、僕はこれからも何かを為《な》そうとするだろう。どれだけ丁寧にやっても、どれだけ慎重であろうとしても、僕の怠惰《たいだ》や欲望は誰かを傷つけてしまうだろう。僕は何度も、自分に失望するだろう。

だけど、なのか、だから、なのかわからない。いつまでも覚えておきたい、と僕は願っていた。満月の下、彼女を通じて降りてきた優しい実感を、いつまでも覚えておきたいと、僕は願っていた。

◇

週が明け、火曜日になった。

木戸さんのところに行ってくるよ、と僕は坂本に伝えた。

俺も行くと坂本は言ったけど、一人で行くと僕は主張した。お前はミッチーのことを忘れろって言われたわけだから、そうしてから行ったほうがいいんじゃないのか、と。

「そのことだけどな」と、坂本は言った。

「実は俺、最近樋口さんがいいんじゃないかと思えてきたんだよな」

ああ、と僕は思った。

樋口さんは普通に考えたら、飯塚さんよりもかなり美人だった。学科でも一番人気がある。

「結構いいと思うんだよな、樋口さんは」

坂本はしゃあしゃあとそんなことを言い、「でもな」と寂しそうな表情になった。

「正直に言うと、やっぱり飯塚さんのほうがちょっといいんだよ」

「……それはわかったよ」と、僕は言った。

「まあ、でも今日は俺一人で行くよ。どうせお前は木戸さんを甘やかすから、しばらく行かないほうがいいんだよ」

「そうか」と、坂本は言った。「わかったよ。ケンカすんなよ」

「ああ」


夜になってから、僕は木戸さん宅に向かった。

スーパーではなくコンビニエンスストアに寄り、陸橋を渡った。今日は坂本もいないし、鍋はなしだ。運送会社の前を過ぎ、大きな木の脇を抜け、ドアの前に立った。

ノックをして、「木戸さん」と大声を出した。そのドアはしばらくしてから、開いた。

顔を出した木戸さんが、じろりと僕を見た。

「……なんだ、もう来たのかよ」

この人に会うのは、あまり久しぶりという感じがしなかった。

「酒でも飲みましょうよ」

僕は部屋に上がった。

「今日は鍋はなしです」

買ってきたスルメをちゃぶ台の上に置く。

「……そうか」木戸さんはスルメを眺めた。

「まあ、俺たちの鍋は坂本にしか作れねえからな」

木戸さんがコップを二つ用意してくれた。

僕らはスルメをかじりながら、ちびりちびりと酒を飲みはじめた。サシで飲む酒は、なぜだかあまり美味しくなかった。

「その後どうなんですか？　少しは浮上したんですか？　部屋は掃除してないみたいですけど」

僕は部屋を見渡した。結局この人は、坂本がいないと掃除ひとつできないのだ。

「馬鹿だな、お前は」と、木戸さんは言った。

「一念発起したってな、そんなにすぐ何かが変わるわけはねえだろうが」

「わかります。これからですよ、木戸さん」

「うるせえよ」

木戸さんは、ぐびりと酒を飲んだ。

「だけどお前、驚くなよ」

木戸さんは、にやりと笑った。

「俺はな、富士で一服したあと、まだ煙草を吸ってないんだぜ」

「……禁煙ですか」と、僕は言った。

「何だよ」

「いや、それは凄く良い一歩だと思います」

「偉そうに何言ってやがる。とにかく俺は、お前なんかに負けるわけにはいかねえんだよ」

「いや、でも相撲は、かなり実力差がありましたよ」

「紙一重だろうが」

「まあ、挑戦ならいつでも受けますよ。坂本に行司をやってもらいましょう」

僕は木戸さんのコップにウィスキーを注いだ。

「あいつはよー」木戸さんは、ぷっ、と笑った。

「あいつはあのとき、メガネを取って叫んだんだよな」

「取りましたね」僕も少し笑った。

最初はちびちびと飲んでいたのだが、そのうちだんだんペースが上がってきた。僕らはウィスキーを注ぎ合い、ぐいぐいと飲んだ。何だかわからないけど、もの凄い勢いで飲んでいた。

酔っぱらった木戸さんが、スルメを床に放り投げた。

「投げんなよ」と、僕は言った。

鍋だ鍋だ鍋だ鍋だ鍋だ、と木戸さんは騒いだ。

「スルメなんか要らねえんだよ、俺たちには鍋が必要なんだよお」

「今日はなしだって言ってるじゃないですか」

「ああー、坂本ー」

木戸さんは敷きっぱなしの布団に顔をうずめ、その後、くつくつと笑いだした。

「あいつはよー」顔を真っ赤にして、木戸さんは言った。「あいつはあのときメガネを取ったんだよな」

僕らは爆笑した。

「あいつは俺の大切な友達だよお」と、木戸さんは言った。

「何言ってんだよ。馬鹿じゃねえの」

「だってよう。あいつ、メガネを取ったんだぜ」

僕らはげらげらと笑い転げた。メガネメガネと言いながら、ぐいぐい酒を飲んだ。なぜだか猛烈に可笑しかった。メガネ一つで三杯はいけた。

ウィスキーの瓶は、そのうち空になってしまった。ふらふらと窓際に歩いていった木戸さんが、「おい、大野！」と、大声を上げた。

「驚くなよ。酒が切れたぞ」

心底驚いた表情を木戸さんはしていた。

「これは、何かの啓示かもしれねえな」

「関係ないと思いますよ」

「いいや……。一念発起しようとしたら、これだ」

木戸さんは床にへたり込んで、何かをぶつぶつと呟きはじめた。

「わかったぞ！」この人は叫んだ。

「お前が今日うちに来た理由は、これだったんだよ」

その言葉は、何だか驚くほど僕の胸に響いた。

この人はこうやって突破しようとしていくんだな、と思った。それはとても木戸さんらしくて格好いいと思ったら、少し胸が熱くなった。

「だけどよー」この人は情けない声を出した。

「どうするよ。酒が切れちまったぞ」

落ちているスルメを拾い食いしながら、木戸さんは言った。

「買ってくればいいじゃないですか」

「買うってお前、もう三時過ぎだぞ。売ってないだろ」

「何言ってんですか。コンビニ行けば売ってますよ」

「本当かよ」

木戸さんはまた驚いた表情をした。

「そんなことも知らないんですか」

「嘘だろ?」

「本当ですよ」

全く信用していない木戸さんを連れだして、近くのコンビニエンスストアに行った。看板にはちゃんと『酒』と書かれていて、棚には当たり前のように酒が並んでいた。客は僕らの他に誰もいなかった。

「おい、大野」

笑いをこらえながら、木戸さんは言った。

「凄えぞ。普通に売ってるぞ」

だから最初からそう言ってるだろうが、と思いながら僕も可笑しくなってきた。こんな夜中に酒が売られているのは、確かに滑稽《こっけい》なことかもしれなかった。

木戸さんが「おい、おい」と声を押し殺しながら、手招きする。

「ヒレ酒、ヒレ酒だってよ」

そこにはカップ型のヒレ酒が積んであった。表面にフグの絵が描かれたラベルが貼ってある。

「よ、四百円。四百円だってよ」

僕らはこらえきれずに爆笑した。店員は僕らを警戒しつつも、無関心な感じだった。

一・五リットル入りの紙パックの日本酒を選び、レジに持っていった。

「お、おい」

後ろから、木戸さんがへろへろの笑い声で言った。

「熱燗《あつかん》にしてもらえ」

「馬鹿じゃねえの」僕は噴《ふ》きだした。

店員は無表情にレシートとお釣りをよこす。お前なんかにはわからねえだろうよ、と、笑いをこらえながら思った。でも本当は迷惑かけてごめんなさい。そう思ったらまた笑いがこみ上げてきた。

僕らは肩を組んで部屋に戻り、また飲みはじめた。だけどすぐに、抗《あらが》いようのない限界が押し寄せてきた。

可笑しさを通り越し、思考はぐるんぐるんと回転した。隣で木戸さんがしゃべっているのだが、何を言っているのか全くわからない。眠気に落ちては這《は》い上がり、また落ちては這い上がった。眩《くるめ》く意識の中で、なぜだか一つだけ、握りしめるように考えていたことがあった。

――彼女に電話しなきゃ。今日はもう水曜日だけど。こんな時間に起きているわけないけど。だけど電話しなきゃ。電話――。

僕はまだ何も彼女に話していない気がした。僕が得た実感のこと。木戸さんと富士山に登ったこと。ここから先はお前らだけで登れ、って言われたこと。それだけじゃない。僕はまだ、何も彼女に話していない気がしていた。

話さなきゃ、と僕は思った。坂本がメガネを取ったこと。僕が今日ここに来た理由のこと。ヒレ酒が四百円だってこと。無愛想なコンビニの店員なんかにはわからないこと。話さなきゃ、話さなきゃ。そう思いながら、それだけを握りしめながら、落ちていく意識と闘っていた。

その三、春休み

あのころどうしてあんなに浮かれていたんだろう、と、今にしてみれば疑問に思う。

中学生だった私は、カナリヤみたいな女子とクリボーズみたいな男子に囲まれて、はしゃぎまくって日々を暮らした。

季節や気象にかかわらず、私たちカナリヤ軍団はさえずりを続ける。寒い寒い寒い、とカナリヤBが言えば、熱あるわ、これ熱あるわ、とカナリヤAが騒ぐ。寒いけど暑いんだよ、とカナリヤDが力説する隣で、さようならフランス最後の女王さま、とカナリヤCが叫ぶ。陽気でマシンガンな中学生女子は、ハムスターの回転車のように高速回転を続けた。

休み時間になると、私たちは教室の隅に集まった。あるときは社会科の教師のおでこがテカったと言って爆笑し、あるときは今日は雨だからテカらなかったと、またバカみたいに笑った。それはやがて、テカり占《うらな》いというものにまで発展した。

あるとき、どこからか前田君の恋の噂が流れてきた。

前田君は高山さんのことがたいそう好きらしい。高山さんの気持ちはいまいちわからなかったけど、どうやらまんざらでもない様子だ。実際あの二人はお似合いだよね、というところまで話がすすんだとき、カナリヤA（私）は、占うべきだ！　と叫んでいた。そりゃ占うよね、とカナリヤCが同意し、占うしかないでしょ、とカナリヤBが深くうなずく。占う占う占う占う、とカナリヤDも連発する。

テカったらこの恋成就！　テカらなかったらこの恋おしまい！

そんなぐあいに二人の恋は、社会科の授業で占われることになった。カナリヤ軍団の面々は、期待に胸をふくらませながら、教師の前頭部に熱視線を送った。

だけどそのあと私たちは、思いきり失望してしまう。肝心なときに社会科教師のおでこは全くテカらない。教師は『書院造り』という住居様式が室町時代に広まったことを、デコをテカらせずに解説し続けた。

――この様式は現代の和風住宅の基礎になっているのですよ。

――皆さんの家にお座敷はありますか？

――それは一段高く造られてますか？

――床の間がある家もあると思いますが、

社会科教師は、私たちを見渡し、続けた。

――そういうこともこの書院造りが源流になっているのですよ。

この肝心なときに、この人は何を言ってるんだろう……。

私はため息をつき校舎の外を眺めた。

雲の隙間から太陽が顔を出し、しばらくするとまた雲の向こうに隠れる。光が差すと、顔の表面がふんわり熱を持つのがわかる。

お腹が空いたなあ、と私は思っていた。終盤に差しかかった四時限目の授業は、もう退屈なだけで、空腹と退屈は、やがて眠気へと変わり始めていた。

だけどBから回ってきた手紙が、私の眠気を吹き飛ばした。


テカったよ♪


顔を上げ教壇に目をやると、教師の前頭部がピカーンと光っていた。

曇りのち晴れ。前田君と高山さんの恋を祝福するように、それは見事にテカっていた。教室の中央では、CとDが教科書で顔を隠して笑いをこらえている。

こらえようとしてもこらえられるものではなかったけど、とにかく私も必死に笑いをこらえた。心の内でのたうちまわりながら、いい、と思っていた。私はこの教師のことがとても好きになった。先生はテカることで私たちの前途を照らしてくれるのだ。

――この時代には、現代に続く日本独自の文化が多く発展したんです。

テカりとは無関係に、北山文化の説明が続いていた。何て素敵な先生なんだろう、教科書で顔を隠しながら私は本当にそう思っていた。仰げば尊しとは、このためにある言葉だ。先生は私たちを見渡し、結んだ。

――淡い色使いを用いた水墨画も、そのひとつといえるのです。

テカったらこの恋成就のはずだったけど、前田君と高山さんの恋は、その後発展しなかった。だけど、それは私たちにとって案外どうでもいいことだった。

あるときはまた、T先輩の髪型が変わったという噂が流れた。

サッカー部のT先輩（三年男子）は当時、私たちの中学校の誇る一番のスタアだった。カナリヤ軍団は廊下を連れだって、先輩の新しい髪型を見学しに行った。物見遊山《ものみゆさん》気分だった。

似合わないよ前のほうがいいよ似合わないよ、と廊下でひそひそやっていたら、庄司先輩（三年女子）に強烈にひと睨みされて、軍団は走って逃げ帰った。

怖いよー、と泣き真似をするカナリヤDに向かって、私は目を左に寄せて庄司先輩のマネをした。怖い怖い怖い怖いー、とDはひきつり笑いを起こし、なになになに、とクリボーズどもが集まってきた。クリボーズの背中をばしばし叩いて蹴散らして、陽気なカナリヤたちは円になって騒ぎ続けた。本当はT先輩の髪型なんてどうだってよかった。学校一のスタアといっても、しょせんはクリボーズに毛が生えたようなものなのだ。

やがて先輩というものが学校からいなくなっても、私たちはまだまだ混沌《こんとん》としたスクールデイズを送っていた。同級生のクリボーズが下級生にきゃあきゃあ言われるのを、不思議に思いながら。

一度、廊下から教室の中を窺《うかが》っている二人の下級生（一年女子）を見付けたので、軍団に合図を送って、いっせいに懐かしの庄司先輩のマネをしてみた。

庄司Aが現れた。庄司Bが現れた。庄司Cが現れた。庄司Dが現れた。

四人の庄司先輩と目があった二人の下級生は、ぎくりとした表情を浮かべたあと、ぺこりとおじぎをして去っていった。おじぎをするところが、私たちとは違っていた。最近の若者は礼儀正しいよね、と、笑いながら庄司Bが言った。

若者は三年になったとき、私たちのことを思いだしてくれるだろうか、私は誰もいなくなった廊下を眺めながら思った。

思いだしてマネをしてくれれば嬉しいと思う。庄司先輩の魂。それは私たちの母校に連綿と受け継がれる。

冬になって受験が始まった。

大きな成功もなかったけど、大きな失敗もなかった。カナリヤやクリボーズたちは、それぞれ無事に進路を決め、卒業の日を迎えた。

卒業の日くらいはセンチメンタルにいこう、と、私は意気込んでいた。だけど答辞の挨拶で、それも台なしになってしまった。挨拶をした男子が、僕らはみんな、と言ったのだ。

当時その言葉に敏感だった私は、みんなって誰だよ、とか、一緒にすんなよ、とか心の中で毒づきまくった。そしてこういうのを憤慨というのだと思った。実際、私は大いに憤慨していた。それから落とし物に気付くように、憤慨という言葉に気が止まった。

ふんがい？

憤慨。その言葉はパン生地のように膨れあがり、心の中を跳ね回った。憤慨という言葉と、制服姿の自分が憤慨している図を重ね合わせたらもうダメだった。憤慨？　イエース、憤慨。それは猛烈な可笑しみになって私の心をくすぐった。憤慨！　講堂に満ちるセンチメンタルの中、私は一人必死で笑いをこらえ続けた。憤慨！

だけど式が終わって校庭に出ると、ＢやＣやＤがわんわん泣いていて、私も少しだけ泣きそうになってしまった。三月の校庭は風もなく暖かだった。

五年とか、十年とかが経って……。私は胸いっぱいの気持ちで思った。いつか私たちが再会することがあったら……。ＢやＣやＤを抱きしめたくなりながら、私は思った。

そのときはみんなで庄司先輩のマネをしようね……。あのころカナリヤだった私たちは……、社会科教師のおでこのテカり具合で、人生の大切なことを決めたりしたんだよ……。だから私たち大丈夫だよね……。これから何があっても心配することは何もないよね……。私たちはいつでも大丈夫だよね……、大丈夫だよね……、って。


春休み、私は卒業前に約束してあったとおり、カナリヤやクリボーズたちと一緒に遊園地に行ったりした。何となくふわふわした古いフランス映画を観ているような気分だった。

それ以外の日は、だいたい縁側で陽に当たりながらぼーっと過ごした。そうしていると、春休みなんかは、すぐに終わってしまいそうだった。

騒ぎすぎた中学生活を通り過ぎて、私には予感があった。暖かな縁側で、猫みたいに寝そべりながら、私はその予感に思いをはせた。

こういうのはもう終わり——。

根拠のないその予感は、何も具体的な像を結ばなかったけど、春の陽差しのようにゆるやかに、けれども確かに私を温めていた。

ひとつの季節は私の中を過ぎていった。こういうのはきっともう終わりなんだ。続くわけはないんだ。

桃のジュースを飲みながら、私はぼんやりと考えていた。

◇

高校には電車に乗って一人で通った。

最初は単に入り方の問題だったように思う。私はクールに振る舞おうと思っていた。様子見《ようすみ》の季節はいずれ終わる。それまではとにかく落ち着いてクールにいこう、と。

高校に入ったんだから、彼氏だってつくらなきゃいけないし、勉強もしなくてはならない。

いつまでも面白女子として、周りの女子に祭り上げられている場合ではなかった。

だけどクールでいることは、体にすんなり収まる作業だった。

様子見の季節を過ぎても、私はクールに振る舞い続けた。夏休みが終わり、木枯《こが》らしが吹き、インフルエンザの予防接種を受けても、私はクールなままだった。

角度《アングル》を変えて世界を眺めてみると、はしゃぐようなことは何も起こらなかった。特に夢中になるような男子もいないいし、晴れた日にテカる前頭部もない。反射というのは、たまたま角度の問題なのだ。

考えてみたら、世界はそれほど面白可笑しいものではなかった。立ち位置をほんの一歩変えてみるだけで、私はクールであり続けることができた。

今にして思うのだが、これは例えば、最も優しい人は最も冷たくもなれる、とかそういう例の一つかもしれないし、あるいは、鶏を何羽も食べる凶悪なプロレスラーが家ではターくんと呼ばれている、といった事例の一つかもしれない。だけどたぶん思春期というものは、クールなのかそれともホットなのかという違いではなくて、その振れ幅のことを指すんだろうと思う。

私は朝起きたら歯を磨き、時間が来たら学校に向かった。

一時限目が終わったら二時限目が始まり、二時限目が終わると三時限目が始まる。四時限目が終わると昼休みになり、昼休みが終わると五時限目が始まる。全ての授業を終えると、体育館の隣にある弓道場に向かう。

最もクールな部活として、私は弓道部を選んでいた。私は射手座だから、ちょうどいいとも思っていた。

部室で制服を脱ぎ、白い木綿の胴衣に着替える。袴《はかま》を着け、帯を締めると、それらしい気持ちになった。背筋を伸ばしてすり足で歩き、弓道場の真ん中に立つ。

射術は射法八節《しゃほうはっせつ》により成る。足踏み↓胴造り↓弓構え↓打起こし↓引分け↓会↓離れ↓残心（残身）。淡々とした平常心と不動心で、それらを一つ一つ正しく、一貫した流れとして行う。

毎日のしめくくりとして、私はきりっと的を睨んだ。背筋を伸ばして胸郭を広げ、左右の均衡を図る。腰を据えてひかがみを張り、気力を丹田《たんでん》におろす（そんなイメージを持つ）。弓に矢をつがえ、ゆっくりと引きしぼる。

自分と弓、そして的。分離した三つの概念を頭の上に引き寄せ、一つの宇宙だと理解する。混然と混じり合った三者が一体となる瞬間、その刹那を見極《みきわ》め、冷静に、正確に、果断に、私は矢を射放つ。

ひゅううううう。

風を切り裂いて飛ぶ矢が、とすん、と的に突き刺さる。弓は冴《さ》え、弦音は減衰する。

――的中。

そのとき私は心静かに、残心（残身）と呼ばれるポーズをとっている。矢の軌道を心に残し、身体の隅々にまでそれを染み渡らせる。

　私は弓道を愛していた。空間を切り裂いて進む矢の軌道を、そのときの空気の震えや音や染み渡る残心を、愛していた。射法八節に同化した心や身体の有りようが、とても美しく伸びやかに感じられた。元カナリヤAは今、弓の道を体現せんものと、背筋を伸ばしていた。

　そのころの私はもう、教師のデコがテカろうが、先輩の髪型が変わろうが、声を出して笑うことなんてなかった。ときどき面白いできごとに出くわすと、口角を少しだけ上げて、にや、と笑った。もっと面白いことになると、にやり、と笑った。

　新しい友だちはそんな私を、貴重な存在として尊重してくれていたように思う。

　彼女たちも基本的には輪になって、ノンストップでしゃべり続けた。私は彼女たちのさえずりをじっくりと聞きながら、自分の発するべきコメントを考え続けた。

だけどそのコメントを音声として発するのは稀《まれ》だった。高校のカナリヤたちにも、しゃべるべきことが無尽蔵にあって、話が途切れることがないのだ。

　稀に、さえずりが途切れることがあった。頻度で言うと、一日に二回あるかないかでそれは起こった。その瞬間を見極めて、私は練りに練ったコメントを放った。案外それは弓道に近いものだった。

　私の放つコメントに、友人はみな一斉に驚いた感じの表情を浮かべる。

――的中。

友人の表情はそのあと、少し感心した感じに変化していく。

――残心。

彼女たちは思い出したように、そうだよねー、と言い、また新たな話題へと移っていく。私は静かに息を吸い、自分の放った言葉を胸の中で反芻する。なかなか上手いことを言ったな、と一人満足する。友だちはみんな、よく跳ねる豆みたいでとても可愛かった。

高校の三年間で、私は本物のクールさを身につけたと思う。

多分、私の中の季節が夏から冬に変わったんだろうな、と思っていた。


だけど、ただ一度だけ私のテンションが頂点まで高まったことがあった。

それは高校三年間の最後の最後、卒業のちょっと前のことだった。

もう私立大学の試験が始まっていて、生徒の多くは学校を休んでいた。試験がまだの人も風邪をひきたくないとか、予備校の直前講習を受けるとか、家で勉強するとか、そんな理由で休んでいた。

とても寒い日だったのを覚えている。二月の相模原にこの冬一番の雪が降り、ちょっと記憶にないくらいの積もり方をした。

降り続ける雪を窓の外に眺めながら、私は学校に行くべきかどうか考えていた。休んだってちっとも構わなかったんだけど、こんな日だからこそ行くべきだという気もした。普通の日に学校を休むのはいいけど、今日行かないってのはクールじゃない。

私は家を出て、雪を踏んだ。足下で雪の白がぎゅっと圧縮し、窮屈そうな音をたてる。曇天の空に、吐く息は白く、街は静かだった。駅まで歩いて電車に乗り、改札を抜けて、また歩く。降る雪が、ときどき狙ったように首すじに滑り込んで、その度にひやりとした。

学校に着いて教室に入ると、女子が二人だけいた。私たちは「おはよう」と挨拶を交わし、それぞれ少し離れた自分の席に座った。濡れた靴下が冷たくて、指先の感覚がなかった。

しばらくすると、一人が「寒いね」と言った。「うん」と、私は頷いた。そういえばこの子たちと話すのは初めてだな、と思った。

「今日、何人来るかな」また一人が口を開いた。

「うーん」もう一人が言い淀み、私は、「七人」と答えた。答えながら、七人のサムライ、と思ったことを、ゆっくりと胸にしまった。窓から見える校庭は真っ白で、サッカーゴールの輪郭だけが、うっすらとわかった。

結局、女子ばかり四人集まったところで、始業のチャイムが鳴った。

担任の英語教師が教室に入ってきて、教壇に立った。

「このクラスの男子は張り子か？」

太った女性教師は、愉快そうに私たち四人を眺めた。張り子……。

張り子というのはつまり竹と紙でできていて、雨や雪がかかったら破れてしまう。つまりそれは、雪が降った日に登校しないこのクラスの男子を張り子にたとえた冗談だったのだが、私はクールだから笑わなかったし、他の三人も意味がわからなかったのか笑わなかった。

教師は出席簿を開き、私たちを一人ずつチェックした。

この教師は大橋随子《ずいこ》という名前なのだが、Z子《ズィーコ》先生というあだ名を経て、今ではジーコと呼ばれていた。教科書を左手に持って、ゆらり、と体を前後に揺すりながら、言葉の最初にアクセントを付けた独特のイントネーションで授業を展開した。授業は極めて厳しく、恐れられた教師だった。

とにかく覚えなさいというのが、英語教師としてのジーコの一貫した哲学だった。

語学の習得に他になにがあるの？　言葉の最初を強調し、体を揺すりながらジーコは言った。

——覚えなさい。——とにかく覚えなさい。——辞書を開いて覚えなさい。——線を引いて覚えなさい。——書いて覚えなさい。——声に出して覚えなさい。——食べてでも覚えなさい。

おかっぱ頭で、ガブラッチョみたいな顔をして、ジーコは「覚えなさい」を連呼した。

「今日は図書室で自習にします」

出席簿を閉じ、ジーコは言った。

「付いていらっしゃい」

ジーコに続いて、私たちは教室を出た。

重たそうな体をへんな角度に揺すりながら、ジーコは廊下の右側を進んだ。私たちはカルガモの子供みたいに、一列になって付いていった。廊下の外では雪が降り続いていた。

図書室に入り、石油ストーブに火をつけた。真鍮《しんちゅう》製のやかんに水をくみ、ストーブの上に載せる。青春ドラマの中でラグビー部が使うような、巨大で分厚いやかんだった。

「質問があったら呼びなさい」

ジーコはそう言い残して、奥の部屋に引っ込んでしまった。私たちはストーブを囲むように椅子を並べ、座った。

ストーブのくすんだ窓から、赤い炎がちらちらと見えた。

Soon John and his friends were picked up by a Japanese ship and were taken to Nagasaki.
（やがてジョンと彼の仲間は日本の船にひろわれて、長崎に連れていかれた。）

私は英語のテキストを開き、例文を眺めた。心のなかに英文を留《とど》め、頭の奥で訳を組みたてる。そして少しだけ哀れなジョンのことを思った。

On an island in the Seine there is a big church called Notre Dame.
（セーヌ川の中の島に、ノートルダムと呼ばれる大きな教会がある。）

The product of a negative integer multiplied by a negative integer will always be a positive integer.
（マイナスにマイナスをかけると常にプラスになります。）

negative×negative＝positive
私はテキストをめくり続けた。組みたてた訳文が、ストーブの熱気のなかにゆっくりと溶けていく気がした。心に留めた英文や、蒸気に溶ける訳文は、そのあと何処《どこ》へ行くんだろう……。
しばらくしてジーコが、奥の部屋から顔を出した。
スツールのような巨大な缶を、ジーコは脇に抱えていた。彼女は私たちの円に加わり、缶の蓋を、ばほん、と開けた。そして中からでてきたチョコレートを配った。
「好きなだけ食べなさい」
ジーコは私たちに率先し、連続してチョコレートを囓《かじ》った。私たちも少し笑いながらチョコレートを食べた。一人が自分のテキストをジーコに見せ、何かの質問をした。ジーコはチョコレートを片手にそれに答えた。もう一人が質問の輪に加わった。ジーコはチョコを囓りながら、説明を続けた。私は特に訊きたいこともなかったので、自分の例文を眺めた。

The giant woke up and ran after Jack.
(巨人は目を覚まして、ジャックを追いかけた。)

The old man led the boy through the forest for many miles.
(老人は少年を案内して、森の中を何マイルも進んだ。)

こんなに雪の日に……、来なくていいのに学校にやってきた女子が四人だけいて……。私は例文を眺めながら思った。ここは学校の図書室で……、外はまだ雪が降り続けていて……。私たちの中心にはあったかいストーブがあって……、やかんが蒸気を吐き続けていて……。

ストーブの向こう側では、英語教師がチョコレートをぼりぼりと囓りながら、分詞構文についての説明を続けていた。新しい寺子屋みたいだな、と私は思っていた。


お昼すぎには雪もやんで、私たちは帰ることにした。

ジーコにお礼を言って、私たちは学校を出た。駅へ続く雪道を、連れ立って歩いた。

考えてみれば三年間ほとんど交流のなかった私たちは、道中、ほとんど口をきかずに歩いた。

「……あの缶、大きかった」

独り言のように、私はつぶやいた。

「大きすぎるよね」

と、一人がうなずく。

「あれ、いつも食べてるのかな」

「そりゃあ太るよね」

「あんなの、どこに売ってるんだろう」

ジーコのお菓子缶について、私たちは口々に感想を述べあった。

「似合うよね」と、一人が締めくくるように言った。

私たちは確認するようにうなずき、また黙って歩いた。

車の轍《わだち》が二本、まっすぐ南に向かって延びていた。道の脇に小さな空き地があり、私はそこで歩みを止めた。それに気付いた女の子たちが、静かに振り返る。午後二時の空は晴れ間も見え、雪が光を反射して眩しいくらいだった。

「雪だるま作ろう」

と、私は言った。

女の子たちは不思議そうな表情をして、私を見た。私は微笑みながら、彼女たち一人一人を見つめる。

丸い泡のようなものが、ふつふつと湧いてくる感じだった。それは、ジーコのお菓子缶を見たときから、少しずつ湧いていたのかもしれない。

泡は海面に向かって、ゆらゆらと上昇していく。海面は遠く、泡は上昇速度を速めていく。中心へと集まり、次第に大きくなっていく泡。ゆらり、急上昇し、泡はまだまだ大きく育つ。形を変え、周りを巻き込み、尾を引きながら海面に向かっていく。

「いいね」と、一人が言い、他の二人も話に乗ってくれた。

私たちは空き地に入った。小さな雪の玉を作り、ころころと転がした。次第に大きくなっていく玉を、みんなで押した。私はだんだん可笑しくなって、笑い始めていた。周りの女子が少し驚いた表情で私を見て、それがまた私のテンションに拍車をかけた。抑えられなかった。ゆらり、泡が上昇するように、私は愉快な気分になっていった。

大玉が完成したら小玉を作る。私は、うはは、うははは、とはしゃぎまくっていた。調子に乗った私たちは、自分たちの背を超える巨大な雪だるまを作った。

目玉や口にするための石や木ぎれを探しながら、私はまだ笑っていた。鞄《かばん》から黒い消しゴムを取りだして雪だるまのマユゲにした。ぽんぽんと彼の頭を叩き、うはははは、と笑った。彼はちょっと困ったような顔をして私を見ていた。

最後に自分のマフラーを外し、彼の首にかけてやった。切なげな表情をした雪だるまは、黄色いマフラーを巻いたことで、完成、という感じになった。

もう高校も卒業するんだから、こんなマフラーは要らなかった。だから君にあげるよ、スノーマン。私は雪だるまの頭を、ぽんぽんと叩き、また笑った。ちょっと早いけど、これが私の卒業祝いだ。

家に帰っても私は浮かれていた。夕飯を食べても、風呂に入っても、まだ浮かれていた。自分が巨大なうずの中にいるようで、興奮して眠れなかった。うずは予感のようなものだった。こういうのももう終わり、そんな予感のようなものだった。

次の日、私は学校を休んだ。

本当に少し熱っぽい気がした。窓の外はどんよりと曇っていた。

私は机に向かって、雪だるまの絵を描いた。少し困った顔をした、置いてけぼりのスノーマン。彼は今ごろどうしているんだろうか。部屋で勉強を始めると、少しだけ静かな気分が降りてくる気がした。

夜になり、朝になった。

外はよく晴れていて、さわやかに私は目覚めた。雪が屋根をつたって落ち、とす、と音を立てるのが聞こえた。

窓の外を眺めながら、私はもう、自分がすっかり落ち着いていることに気付いていた。緩々《ゆるゆる》と伸びやかな気分だった。

多分、私はもうクールじゃなかった。浮かれまくった三年間を経て、クールな三年間も終わった。今はもうクールということとは違うし、かといって騒ぎすぎることもない。私のテンションというか全体的なトーンが、一周してあるべき位置に戻った気がした。

もしかしたらこれが本来で元来の姿なのかもしれない。私は目を閉じ、考えてみた。小さな子供だったころの私は、毎日こんな感じだったし、あるいは私の母も毎日こんな感じだ。

多分、私のなかの季節が、暑い夏や静かな冬を経て、穏やかな春に戻ったんだと思った。

その後の高校生活が過ぎていった。

雪だるまは、それからしばらく同じ場所に残っていた。次第に形を崩し、表情も崩し、ただの雪のかたまりとなって、やがてそれも消えた。マフラーはいつの間にかなくなっていたように思う。

その間に、私はいくつかの大学を受験した。

三年間コンスタントに勉強してきたし、そんなに高望みもしなかったので、受験は比較的うまくいった。第一志望は落ちてしまったけど、限りなく第一志望に近い第二志望には合格した。受かったのは、家から通える国公立大学の建築学科。通知をもらってからは嬉しくて、しばらく笑っていたと思う。

卒業式直前になると、学校にまた友だちが集まってきた。私たちはそれぞれの進路を友人や教師に報告し、あとは後輩の部活動を見学したりした。

そして卒業の日を迎えた。憤慨するようなことは何も起こらず、粛々《しゅくしゅく》と式は進んだ。

式を終えた私たちは、校舎の前で卒業写真を撮り、弓道場にさよならを言い、お好み焼きを食べに行った。

家に戻った私は、制服を畳んだ。もう着ることもない制服からは、少しおたふくソースの匂いがした。

春休み、私は縁側で猫みたいに寝そべった。

私は時に朗《ほが》らかに笑い、そうでないときには、にやり、と笑う、気まぐれ女子になっていた。ある角度から切り取ればクールで、ある角度から切り取れば面白女子。多分、私はその調和を愛している。

大学に入ったら、真剣に建築の勉強をしようと思っていた。それから今度こそ、彼氏をつくろうと思っていた。

弓道で育んだ刹那《せつな》をとらえる集中力で、正しい男子を見極め、そのあったかなハートを一撃で射貫いちゃおう。私は自分に都合のいいアイデアを練った。だけどそれでいいじゃないか。それが青春じゃないか。

優しい男子がいい、と思った。優しいといってもへなちょこなのは困る。私がどう頑張っても開けられない蓋を、簡単にあけてくれるくらいには力があって、だけどマッチョなのはイヤだ。

あまりがっついた感じや、ギラついた感じの男子も避けたい。血管年齢が五十八歳とかそういうのはイヤすぎる。やっぱり健康が基本なので、全体的にぴちぴちした男子がいい。頭脳はすっきりと冴え、煩悩《ぼんのう》はあまり多くないほうがいい。私が陥る複雑な難問に、一撃で答を出すようなことがあってほしい。全体的に紳士な感じがいい。サムライよりも紳士がいい。忍者でもいい。

春休みは、ほんの一週間。私はその一週間で、これからを思った。

桃のジュースを飲みながら、とりとめなくこれからのことを考えていた。

その四、最強の恋のうた

ボウリング場のロッカールームで、カナリヤBと再会した。

大学に入って初めての夏休みが始まっており、私は先週の土曜からこのボウリング場で働いていた。アルバイトも三日目となった今週の火曜日、着替えのためにロッカールームに入ったら、そこにカナリヤBがいた。

目が合って二秒でお互いを認識した私たちは、三年の年月を超えて、うきゃあ、というような声を発した。お互いの手を取ってぶんぶんと振り、そのあと抱き合って背中をばんばんと叩いた。

私も驚いたけど、向こうも驚いただろうと思う。AとBは三年ぶりに、こんなところで出会ったのだ。偶然に出会ったことも驚きだけど、よくよく考えてみれば、三年間全然会わなかったことも驚きだった。

「今何してんの？」

「大学生だよ」

私たちは興奮気味に、お互いの近況をしゃべった。

Aは某大学の建築学科にいる。レポートやら何やら結構忙しい。先週ここに面接に来た。月、火、木、土、と働くつもり。

Bは某大学の社会体育学科にいる。学業よりもバスケットのサークルが忙しい。二ヶ月前からここで働いている。ここには火、木、日に来る。

濃い色のジーンズに、オレンジ色のポロシャツ。私たちはお揃いの格好をして、ロッカールームを出た。あのころカナリヤだった私たちが、再び制服を揃えてデビューしたみたいだった。私たちは半笑いのまま仕事を始めた。私たちが中学の同級生だと知ると、他のスタッフも面白がってくれた。私はフロントで受付や会計をし、Bからも仕事を教わった。

仕事をしながら少しずつ話をした。Cが関西の大学に行ったこと。Dが代々木の専門学校に通っていること。Dは高校時代、私たちの知っているクリボーズと付き合っていたこと。

ちょっとした断片の情報で過去の時間を埋めると、もう久しぶりという感じもしなかったし、懐かしい感じもしなかった。私たちはパートタイムなコンビみたいになって、そのバイト先でのし上がっていった。

夏休みのボウリング場は混雑していたけど、殺人的な忙しさというわけでもなかった。夜に酔っぱらった無法者が来ることもあったけど、それを除けばスタッフの手に負えないトラブルもなかった。先輩のスタッフは全体的にきびきびしていて、気持ちの良い人が多かった。

Bには彼氏というものがいて、生意気なことにモトカレというものもいるらしかった。どうやら男女交際方面においては、元カナリヤ中、私だけが独自路線を進んでいたらしい。

Bはよく彼氏の話をしてくれた。

「あいつはね、結局、自分さえ良ければいいのよ」

「なに！　それはいかん！」

自分勝手に予定を変更しようとするBの彼氏に、私たちは二人で憤慨した。

「でもね、私も結局、自分さえ良ければいいのよ」

「まあ……、そうだよね」

よくよく考えてみると自分たちも勝手なことに気付き、私たちは二人でしゅん、となった。

「ミート君も早く彼氏を作りなよ」

Bの彼氏の話は必ずこの言葉で終わった。今現在、私のことをミート君と呼ぶのはBだけだ。あのころ私たちは、毎日はしゃぎまくる無敵のカナリヤだった。今はそんなに無敵じゃないけど、それでもほどほどに機嫌良く、日々を過ごしている。

AとBは週に二日だけ一緒に仕事をした。帰り際にジュースを飲みながら話をして、じゃあね、と言って別れた。

夏休みが終わると、後期の授業が始まった。

私たちは週に二回勤務して、そのうち水曜にだけ顔を合わせた。平日のボウリング場は、お客さんも少なくて、私たちはのんびりと仕事をすることができた。

閉店後に、他のスタッフに交ざってボウリングをすることがあった。スタッフの中にはプロみたいな人もいて、爽快《そうかい》な音をたててピンを倒した。社会体育学科のBも、豪快に球を投げた。私はじっくりゆっくり狙って、ボウルを投げた。手元から離れたボウルはころころと転がって、真ん中に行ったときだけ、ぱたぱたピンを倒した。スコアは四十くらいだった。

だけど秋が終わるころ、私のスコアは自然に八十くらいまで伸びていた。年が明けると、百に達するようになっていた。

春休みになると、また毎日のようにアルバイトに行った。そして閉店後にBとボウリングをした。

——ぱからん。

二人しかいないホールに、気持ちの良い音が響く。

八つのピンを倒したBは、不満気に首を捻る。Bのボウルが戻ってくるまで、私たちは少し話をする。

「ミート君は、四月からバイトどうする？」

「日曜の夜だけにする。来期は学校の課題が増えるからね」

「夏休みになったら、またやるでしょ？」

「うん」

ボウリング場は夏休みとか休日だけ極端に忙しくなるから、そういう入り方でも歓迎された。

——ぱこっ。

Bは残り二ピンのうち、一ピンだけを倒した。

「私は週三くらい入ろうかな」

そのころBの彼氏は、すでにBのモトカレになっていた。彼氏がいないとアルバイトが増えるものらしい。私はBに代わってレーンに向かう。呼吸を整え、ボウルを構えた。

——ぱからん。

九つのピンを倒し、少し首を捻った。球はだいたい真ん中に行くようになったけど、なかなかストライクを取ることはできない。真ん中に行けばいいというものではないらしかった。

「ミート君は、まだ好きな男子とかいないの？」

「うん」

私は左端に一本だけ残ったピンを睨んだ。息を吐き、じっくりゆっくり狙って、球をレーンに送り出す。球が指を離れた瞬間、それが上手くいったかどうかはわかる。

——ぱこっ。

きっちりスペアを取った私は、Bと手を合わせる。

「ひとまず誰かと付き合っちゃいなよ」

「だけど誰でもいいってわけにはいかないでしょ」

「最初はいいんだよ。どうせ想像してたこととは全然違うんだから」

Bは球を抱え、レーンへと向かう。

——ぱからん。

八つのピンを倒したBは、送風口のところで指を乾かす。

「何となくだけど、自信はあるんだ」と、私は言った。

「自信？」

「一人目は良いのを引く気がするの」

「へえー」

Bは嬉しそうに微笑み、二投目のためにレーンに向かった。

——ぱこっ。

きれいにスペアを取ったBが戻ってきた。私たちは、ぱちん、と手を合わせる。

「そうかもしれない。ミート君はそういうタイプだよね」

「うん」

実際、私には予感というか確信めいたものがあった。私はきっちり一人目で、それなりの結果を出すだろうと。その日は近いだろうと。そういうことは球離れの瞬間にわかるものなのだ。

「ミート君は私たちのエースだもんね」

カナリヤ軍団の元エースは、呼吸を整えながらピンの一点を見つめる。心を平静に保ち、淡淡とした不動心を引き寄せる。

自分と球、そしてピン。それらを結びつける球筋。私はその先だけを見つめながら、じっくりと、冷静に、正確に、球を送り出す。ボウリングは案外、弓道に近いものだった。

球が指を離れたとき、的中の手応えがあった。

——ぱからん。

乾いた音が響いて、ストライクが決まった。そのとき私は残心のごとく、投げ終わりのポーズをとっている。

拍手するBとハイタッチをして、私は軽く拳《こぶし》を握った。そのころスコアは、コンスタントに百三十を超えるようになっていた。

新学期は忙しくなりそうだった。二年次では今までの基底科目に加えて、専門科目がいくつか開講される。課題に追われることになるだろうけど、それは楽しみなことでもあった。

春というのは予感の季節だ。私もBも愉快な予感や期待に包まれていた。

だけどまさか新学期の初日から、あんなことが起こるとは思わなかった。

ミツバチは女王やその子らのためにミツを集める。北限のサルは温泉に浸《つ》かり、オロロン鳥は、うるるるるーん、と鳴く。ロンドン橋は落ち、花咲く森の道で少女はクマと出会う。

その男子は、もみじ饅頭を持って私の前に現れた。

◇

新学期の初日のことだった。

その男子は突然、これ、もみじ饅頭です、と言って饅頭の箱を差し出し、そのあと私を映画に誘った。

あんまり突然のことだったので、私は驚いてしまった。誰だって新学期の初日に、もみじ饅頭を渡されたら驚くと思う。私はしばらく返事ができなかった。

だけどそれは単に驚いていただけで、誘いを断ろうかどうしようか迷っていたわけではなかった。だって私はもみじ饅頭をもらったのだ。これがもし、ういろうとかだったら断ったかもしれない。きび団子だったら、私はサルでもキジでもないと抗議したかもしれない。だけど、もみじ饅頭をくれるような人の誘いを、断れるわけがなかった。

私たちは土曜日に映画を観に行く約束をした。

それまでに挨拶程度の会話をしたことがあったけど、彼のことは何も知らなかった。彼も私については、『目が良い』くらいのことしか知らなかったと思う。

私たちは映画を観る前にも、学校で待ち合わせて、一緒に帰るようになった。どうしてそういうことになったのかはわからない。ただ何となく、自然にそういう感じになった。彼はそうしたかったんだろうし、私もそうしたかった。

私たちは学校や公園や道や電車の中で、ちょっとずついろんなことを話し、ちょっとずつお互いを知っていった。

私は饒舌《じょうぜつ》だったと思う。公園のベンチに座って、咲き始めた桜を眺めながら、さえずるように話し続けた。私とその男子は、とても相性が良いように思えた。

土曜日、私たちは映画を観に行った。映画はハリウッドのアクションロマンスだった。その映画で全米が泣いたらしかったけど、私たちは泣かなかった。でも結構、面白かった。

映画のあとカフェに入って、終わらない話の続きを話した。

「えーっと」

話の途中、彼は今までと違うトーンの声を出した。何秒か視線を泳がせ、また「えーっと」と言った。そのあと、好きです、と言い、付き合ってください、と付け加えた。

あんまり突然だったので、また私は驚いてしまった。彼はちょっと緊張した感じに、だけどまっすぐに私を見た。

引っ張られるように、私も好きだと言っていた。言ってから、自分の言葉に間違いがないか確認した。間違いはなかった。

私たちは何だか安心した感じになって、コーヒーを飲んだ。ひとまず付き合ってみよう、と私は思っていた。でも『ひとまず』なんて言葉に、ほとんど意味はなかった。

店を出ると、外はもう暗くなっていた。

私たちは手を繋いだ。浮き立つような気分に包まれながら、夜の街を歩いた。街の明かりや、すれ違う人々の顔が、スクリーンの光景のように流れた。私たちは次第に手の力を緩め、指だけを繋いだ。頼りないけど確かな、宇宙で一番素敵な繋がり方だと思った。

家に戻り、鏡を眺めてみた。鏡の中の私が、私をじっと見た。

新学期が始まって、まだ五日しか経っていなかった。鏡の中の私は昨年までと何も変わらないように見えた。だけど不思議な感じに満たされていた。ふわり、浮游《ふゆう》するような気分だった。こんな気持ちになったことって今までにあっただろうか？　驚くほど私は浮かれていた。

私たちは毎日会って、話をした。一週間くらいは、あっという間に過ぎていった。

お互いの過去や現在を話すのは、帳尻《ちょうじり》を合わすような行為だった。今こんなに相性がいいと思える私たちの、帳尻を合わせ、確認していく。それは好きになったミュージシャンのアルバムを、一枚目から揃えていくような行為だった。

初めて知ったり、驚きとともに知ったり、納得とともに知ったりしたあれこれは、次の瞬間、すぐに自分の中に馴染んでいた。いろんなことは、もうずっと前から知っているような気がした。私の過去にあったいろんなことは、この人に話すために存在したような気がした。

一ヶ月くらいは、あっと言う間に過ぎていった。

一緒にいたとき、ちょっと私はおかしかったと思う。中学のとき浮かれていた感じとはまた違う、ぼんやりと満たされた浮かれっぷり。夜光虫が発光するように、私は静かに浮かれていた。男子のほうは極めてわかりやすく豪快に浮かれていて、それはとても頼もしいことだった。

それからもう一つ。スキンシップというやつはとても恐ろしいと思った。

彼の手が私の手に触れるとき、私の肩に触れるとき、私はうっとりしていた。うっとり……。うっとりする自分に、私は驚いていた。

弓道の射法八節を身に取り込むのは、あんなに修業が必要だった。それは果てしなく遠い道だった。だけどこちらはこんなにも簡単で、気を抜くと腑《ふぬ》抜けてしまうような破壊力もあった。だけど触れあうと、いろんなことを素通りして安心できた。何かの線を越えるように、近しい気持ちになれた。

微熱に冒されたような、日々は続いた。

それまでの私には調和があった。私はその調和を愛していた。目の前にはやるべきことが一つあって、私は適度なガッツでそれに取り組む。一つのガッツには一つの成果があって、そのあとの課題も提示してくれる。理想を言えば、楽しいことや嬉しいことが一日に一度か二度あって、眠る前にそれを反芻する。ときには嫌なこともあって少し落ち込むけど、一晩眠って忘れてしまう。忘れられなかったら、二晩眠って忘れてしまう。

そんなには上手くいかなくても、大学に入ってからの一年間、私はシンプルにやってきたつもりだった。情感の浮き沈みは、いつも調和の範囲内にあった。

だけど今、私の愛した調和はどこにもなく、私のメーターはｈｏｔ側に振り切れたままだった。反動で心が細くなることもあったが、また揺り返して、すぐに振り切った。

付き合い始めて、二ヶ月になろうとしていた。

私が彼と付き合い始めたのは、何かの頃合いだったのかもしれない。そう考えてみると、それを恐れとして振り返ることになったのも、ちょうど何かの頃合いなのかもしれない。目に入らなかっただけで、兆候はそれまでにもあった。

『建築設計I』という必修科目があって、それはその年、私が一番力を入れるべき科目だった。五月末日までに提出するレポートがあったのだが、直前まで手をつけていなかった。前日に徹夜して仕上げればいいと思っていた。

だけど結局、私がそのレポートに手をつけることはなかった。前日にも彼と会い、会っている最中に、まあいいか、と思ってしまった。

私は家に戻ってから、鏡を見た。鏡の中の私は、いつも私をじっと見る。

私は落ち込んでいた。私がレポートを出さないなんて、ありえないことだった。机の前に座り、しばらく考えた。私は自分が、まあいいか、と思ったことにショックを受けていた。まあいいか、なんて思うわけがないことだった。

私はノートに『ダメだダメだダメだ』と書いた。だけどその文字を眺めていると、次第にまた、まあいいか、という気になってきた。文字は私の浮かれっぷりに負けて、小さく相対化されていく。

……小さい？

そんなわけはなかった。私はノートの『ダメだダメだダメだ』をじっと睨んだ。逆さから読んでも『ダメだダメだダメだ』だった。

私はその隣に、『大野君のことが、とても好き』と書いた。

◇

日曜日、深夜のファミリーレストランで、私とBは緊急会議をしていた。

「全然、こんなつもりじゃなかったんだよ」

「うん」

「私はもっと自分がクレバーだと思ってたし、もっとちゃんといろんなことをコントロールできると思ってたのに」

「そっか……」

私の悩みに共振したBは、溜め息をついた。つられて私も溜め息をつく。

「もしかして、ミート君は別れたほうがいいって思ってるの？」

心配顔で、Bは私に問う。

「……わからない」

私は本当にわからなかった。

「自分がちゃんとすれば一番いいんだけど。でも、ちゃんとできる気はまるでしないし」

共感と共振のカナリヤミーティングは、夜が更けるのと同じスピードで、ゆっくりと続く。

「要するにハマってるんだよ。どうしようもなく」

また私は溜め息をついた。

「しょうがないよー。最初はやっぱりハマるもんだよ」

「……みんなそうなのかな？」

「そうだと思うよ。どう捉えるかは、それぞれだけど」

「何だか信じられないな」と、私は言った。

「みんなこんなやっかいなこと抱えながら、いろんなことと折り合いつけてるのかな」

「どうなんだろうね。最中にいるとわからないのよね」

昔だったらテカリ占いで答を出したかもしれない。だけど晴れた日にテカる前頭部なんてものは、私たちの前にはもうない。

「でもミート君なら、大丈夫だよ」

その代わりにBは微笑んでくれる。

「そうかな？」

「そうだよ。ミート君は私たちのエースなんだから」

どういうことだよ、と思いながら私は微笑む。そしてBのことを抱きしめたくなる。

私たちは何か答のようなものが欲しくて相談をするんじゃない。だけど、いつだって私たちは大丈夫だ、って思えることは全てに優《まさ》る最高の答だ。

深夜のカナリヤミーティングはまだまだ続く。

出口のない悩みは、やがて議題としては脇に追いやられ、代わりに『大野君とはいかなる男子か？』というテーマが発議された。Bはそれをとても聞きたがったし、私もそれを話したいようだった。Bは特にもみじ饅頭の話に喰い付いてきた。

Bはそのころ、すでにモトカレとヨリを戻していた。つまりイマカレは、モトモトカレということになる。

「ちゃんとやれないことはね、今度、大野君にも相談してみる」

ミーティングの最後に、私は言った。

「うん。だけど男子ってのはね」

先輩面をしてBは言った。

「しょせん何もわかってないからね、すぐに『じゃあこうすればいい』とか言うんだよ。全然そんなことじゃないのに」

「そうなの?」

「そうだよ。父親も教師も彼氏も男子はみんな一緒」

確信めいた表情で、Bは言った。

◇

気持ちいい風が吹く、よく晴れた午後だった。

日時計のところに座ると、遠くにバスケットをする若者が見えた。私はその日、この一週間考えたことを、大野君に伝えようとしていた。

共感や共振よりも、私は答を探さなければならなかった。だから私はある覚悟も持っていた。こういうのはもう終わり、そういう覚悟。

だとしたら大野君には、できるだけ正確に伝えなければならなかった。一語一語、間違いや誤解のないように、慎重に。ゆっくりと。

私はこの二ヶ月を総括するように、言葉を連ねていった。――私は大野君のことが好き。――だからとても楽しかったし、とても嬉しかった。――それは今までのどんな嬉しいことと も違った。――でもこんなことを続けるわけにはいかない。――今まで愛してきたことを私は これからも愛したい。――でも私にはそれができない。――二つのうち一つを選ぶなら私はま ともに生活できるほうを選ぶしかない。――だけどそれはイヤだ。

話し終えたとき、不可解だ、という顔を大野君はした。わかりかねる、という表情だった。

そりゃそうだろう、と私も思う。私が言いたかったのは、『好きなんだけど、これ以上付き合えない』とか、『もう付き合えないけど、付き合いたい』とか、そういう矛盾したことだった。

大野君はペットボトルのお茶を飲み、何かを考え始めた。

やはりか、と私は思った。大野君もしょせん男子なので、何かこうすればいいとか、そういう提案をしようとしているみたいだった。

大野君はゆっくりと語りだした。

「全部決めちゃうってのはどうかな?」

「決めるって何を?」

おかしな提案を彼はした。――全部決めちゃえばいい。――週に三回電話をして、一回会おう。――だめだったら決め直せばいい。

そうしてみようよ、と、彼は優しげな笑顔で言う。

その提案は身も蓋《ふた》もないような感じもした。だけど前向きだし、だめだったら決め直せばいい、というところが良かった。

わかった、と私は小さく言った。大野君は反射的にではなく、じっくり丁寧に考えて提案した。だから、その舟に乗ってみようと、私は決めた。

◇

「雨、降っちゃったな」と、大野君は言った。

霧のような小雨だったけど、大野君は黒くて大きなコウモリ傘を持ってきていた。私は自分の折り畳み傘を出さずに、彼の傘の左半分に入った。

週末、週に一回のデートだった。私たちはしばらく黙って歩いた。

「今日は降らないっていってたんだけどな」

赤信号で止まったとき、大野君が言った。まっすぐに信号機を見ている大野君の横顔を、私は、ちら、とだけ見る。

「そうだね」

大きなコウモリ傘が、私たちを雨から守っていた。

住む部屋を一つにするのが同棲や結婚だとしたら、と、私は考えた。そういうことの一番の始まりは、一つの傘に二人で入ることかもしれないな。

「帰りには、やんでくれるといいんだけど」

「うん」

私たちは池袋にある巨大なビルに向かっていた。

地下道の入り口で立ち止まり、大野君は傘を閉じた。簡単に水気を切り、くるくると巻く。

私たちは動く歩道《オート・ウォーク》の上に、並んで立った。

「小雨だからまだいいけど」

「うん」

「梅雨だからしょうがないよね」

「そうだね」

返事をしながら、可笑しくなってしまった。どうして私の彼氏は、そんなに雨のことばかり気にするんだろう。

「もしかしてさ」と、私は言った。

「大野君は張り子なの？」

「張り子？」

雨に弱い私の彼氏は、不思議そうな表情をして私を見た。

「何か雨が苦手みたいだから」

「……ああ。その張り子か」

大野君は口のはじで、ちょっと笑った。動く歩道の終点が近付いてきて、私たちは足下に目をやった。

「昔ね、」

ひょい、と飛び越して私は言った。

「大雪が降ったとき、女子は何人か登校してきたんだけど、男子は一人も来なかったの」

「うん」

先にまた動く歩道があって、私たちはそれに乗る。

「そしたらね、ジーコが『このクラスの男子は張り子か？』って言った」

「ジーコ？」大野君は嬉しそうな顔をした。「ジーコってあのジーコ？」

「そう。高校教師ジーコ」

ジーコの話は、既に大野君にしてあった。おかっぱ頭で、ガブラッチョみたいなジーコ。恐怖の英語教師ジーコ。

「覚えなさい」

大野君はジーコの物真似をして言った。結構似ているので、私は嬉しくなってしまう。終点が近付いてきたので、私たちはぴったり揃って、ひょい、と飛び越す。

慣性の法則が、ちょっとだけ勢いをつけて、私たちの体を前に押し出した。それは浮き足だった私たちの気分にも、ちょっとだけ勢いをつけた。大野君は、ようやく雨のことを忘れたように爽やかな声をだした。

「ジーコと、うちのベッケンバウアーを対決させてみたいな」

ベッケンバウアー。それは大野君の通っていた予備校の英語講師だった。何でも『皇帝』というあだ名から、そう発展したらしい。「覚えるべしっ！」というのが、彼の口ぐせだ。

「ジーコ対ベッケンバウアーか」

サンダ対ガイラのようなものを想像しながら、私は言った。

「まあ、ジーコが勝つに決まってるけどね」

「何言ってんだよ。ベッケンバウアーのほうが強いよ」

「大野君はジーコのこと知らないから、そんなことが言えるんだと思う」

「だって、ベッケンバウアーは皇帝だよ」

「覚えるべしっ！」と、私はベッケンバウアーの真似をして言った。

「覚えなさい」と、大野君が言った。

エレベーターの前に人が集まっていて、私たちは声を小さくした。

「ジーコはでっかいチョコレート缶を持ってるんだよ」

私は缶の大きさを、両手で示した。

「ベッケンバウアーは顔がでかいよ。皇帝だから」

大野君は、これくらい、と言って両手を広げた。チョコレート缶とベッケンバウアーの顔の大きさは、五分五分だった。

到着したエレベーターに他の数人と乗り込み、私たちは黙った。エレベーターは静かに上昇し、私たちを十階まで連れていってくれる。大野君は階を示すパネルを、じっと見ている。その横顔を私は見る。好きだ。

十階に到着し、私たちは目的の水族館の前に立った。

雨の日、エレベーターで到着する、海の世界。

チケットを買って入り口を抜けると、マイワシの魚群が私たちを迎えた。ぎんぎらに光る無数の魚が、円形の水槽をぐるぐると回っている。順路に従って、私たちは世界を進んだ。

マゼラン海峡からはるばる池袋のビルにやってきたパンダイルカ。
←
サンゴ礁《しょう》の浅海《ラグーン》を再現した水槽。
←
イソギンチャクと共生するカクレクマノミ。
←
エビやナマコやハゼ。コロニーを作るガーデンイール。
↖
階段（途中トイレへ）。
↖
深海で耳を澄ます、メカみたいなタカアシガニ。
←
氷の妖精、クリオネ。
←
風船みたいなハリセンボン。

だけどハリセンボンはトゲを寝かせて縮んでいた。

怒ると、ぷくーっと膨《ふく》れるはずのその魚を、私と大野君は挑発した。さあ、お前の怒りを見せてみろ！　私たちは水槽の前に並び、ハリセンボンに向かって中指を立てた。この世の不条理と哀しみに、静かに怒れ！　ハリセンボン！

しかし彼は、私たちをただ静かに見るだけだった。

ウミガメが遊泳する回遊水槽の前に、私たちは立った。美味しそうなアジが群れをなして泳ぎ、その上をシャープなシェイプのサメがうろついている。

「今のままの付き合いを続けるには、何の問題もないけどねえ」

ぽつり、と私の彼氏は言った。巨大ウツボは、岩陰で何かをじっと待ち続けている。

「だけどいまいち発展性がないな。いろいろと、恋人的に。若い男女的に」

「そうだね」

若い男女的な、恋人的な、発展性……。羽ばたくように泳ぐトビエイを眺めながら、私は考えていた。それが若くてぴちぴちの男子にとって、大きな懸案であることはわかる。

私たちはマンボウの水槽に移動した。ゆるーん、とマンボウは海洋を漂う。

「全部、決めちゃえばいいのよ」

今度は私がそう言った。

マンボウはあまり泳ぎが達者ではないため、水槽の壁にぶつかって魚体を傷つけてしまう。だから水槽の壁の前には、透明なビニールのカーテンが張ってある。

「全部って何を?」

「私たちの近い未来。恋人的なこととか」

ちょっと早いかもしれないけど半年後くらいかな、と私は思っていた。それくらいなら、ちょうどいいかもしれないな。

「一年後にしましょう」

だけど私は、長めに提案していた。中東の商店主が、観光客にみやげものの値段を吹っかける感じに。

「一年か……」

男子は何かを考えているようだった。そういうことが、若くてぴちぴちの男子にとって、大きな懸案なのはわかる。

「だけどそれは、ちょっと先すぎるんじゃないかな?」

「じゃあ半年後に」

男子はまた何かを考えていた。ゆるーん、とマンボウは海洋を漂う。

「わかった。じゃあ十二月に」

ちょっと嬉しそうに、大野君は言った。

「うん」

すぽん、とマンボウがクラゲを丸呑みにしたのが、この水槽のクライマックスだった。私たちは、おおおー、と声をあげ水槽にへばりついた。マンボウはしかし、何ごともなかったかのように、ゆっくりと旋回した。それからまた秒速十センチで、あてのない旅を続ける。しばらくマンボウを眺め、飽きるとフグの水槽に移った。フグは正面から見ると、口と目が笑っているように見える。

「……何だか笑ってるみたい」

そのフグは他の魚と違って、水中で静止することができるようだった。胸びれが見えない速度で動いている。鳥でいうとハチドリみたいに。

「ねえ、」

私は隣を見た。魚やクラゲばかりを見ていて、しばらく大野君の顔を見ていなかった。

「やっぱり彼、笑ってるよ」

大野君はじっと小さなフグを見つめている。

「明らかに笑ってるな」

横顔の大野君が言った。きれいな横顔だと思った。

室外に出ると、ペンギンやアシカがいた。それからカワウソの親子がいて、それが猛烈に可愛かった。たまらん。可愛いにもほどがあると思った。大野君も好きだがカワウソも好きだ。

水族館を出て、ビルの最上階にある展望台に向かった。

都内でも最速レベルだという直通エレベーターが、私たちを空に近い場所に運んでいく。大野君は少し上を向いて、気圧の降下に耐えている。

上からのパノラマ・トーキョーを堪能し、そのあと食事をした。

外に出ると雨はもうあがっていた。張り子の大野君は、とても嬉しそうにしていた。

覚えなさい。ジーコに言われるまでもなく、私は今日のデートを覚えておこうと思っていた。

ずっと覚えておこうと思っていた。

◇

朝。私はカレンダーを睨む。今日は火曜日。

朝食にヨーグルトを食べ、電車に乗って学校へ向かう。

七月半ばの空はまだどんよりと曇っていたけど、夏はもう、すぐそこまで近付いていた。この雲の層があけたら夏、そういう種類の曇り空だった。

午前中に『都市論』と『材料力学』の授業を受け、終わると学科の友人と外に出て、昼食を取る。

教室に戻る途中、日時計のところで大野君と坂本君を見かけた。二人はケヤキの木にもたれ、だるそうに座っている。何てお似合いなんだろう。

私が手を振ると、気付いた大野君が手を振り返してくれた。坂本君も両手を大きく振ってくれる。

工学部の男子と一口に言っても、学科によって大まかなタイプ分けができた。

建築系の男子は、スマートな人が多かった。美術やファッションに興味を持つ人が多く、なぜだか目の細い人が多いように思う。

電気・電子系は、合理的な考え方をする人が多い。損得にもシビアで、無駄な行動が少ない。インプットとアウトプットを記号的に組み合わせて何かを成す分野だから、そうなるんだろう。

化学系はクールで怪しく、何を考えているのかわからなかった。白衣を着て薬品を扱っていると、そういう感じになるのかもしれない。

大野君や坂本君が属する機械系は、何というか泥臭い人が多かった。実習になると作業着を着て、旋盤加工やスポット溶接をしたりするからかもしれない。小ぎれいにしている大野君も、あれでなかなかに泥臭いマインドを秘めていると思う。

大野君はバカで優しくて、ときどき私を感動させる。

彼もしょせん男子だから、嬉しいとか、だるいとか、そういう感情はまるわかりだ。走りだしたら止まらないし、浮かれやすいバカなんだと思う。だけど週に一回会うとかそういうことは、もの凄く律儀に守る。

この男子は結構、頭も良くって、キレのある発言もする。ときどき何かを考えて行動が止まり、そのあと格好いいことを言う。ものごとにとても素直に感心し、だけど本当は誰の言うことも聞かない。

彼は忍者というほど身軽ではなかったし、紳士というほど物腰丁寧ではなかった。だけどどちらも惜しい感じだった。考えてみればこの人より身軽な人はそんなにいないし、この人より丁寧な人もそんなにはいない。

彼のことを考えるとき、私は愛《いと》おしくてたまらない気分になる。兎《う》の毛で突いたほどの隙もなく好きだと思う。でも、なぜ好きなんだろう、とも思う。

可愛いさと格好良さの境界線上を進む素敵男子を、私はちょっと自慢に思っている。単にハマっているだけかもしれないけど、浮かれ気分なシナモンロールみたいに自慢に思っている。

次の日も私はカレンダーを睨む。今日は水曜で、彼から電話がかかってくる番。週に三回、交代に電話をして、週末にデートする。あれ以来、私たちは、正確に自分たちのペースを守っている。数えるともう四十日になる。

電話を受ける夜、私は簡単な準備をしてコールを待つ。お風呂を済ませて、リラックスできる格好に着替え、飲み物を用意する。

私が電話するのは二十三時前後だったが、彼からかかってくるのは、全く正確に二十三時だった。時計を合わせておけば、五秒前からカウントダウンをすることもできる。

今夜も私は、電話を握って構えていた。二十三時ちょうどに音が鳴り、鳴ったと同時に出る。百人一首の達人みたいに。

もしもし、と彼の声が聞こえ、私は可笑しさと嬉しさで、ふふふ、と含み笑いをしてしまう。

「今日もぴったりだね」と、私は言う。

「そう？」

「ぴったりだよ」

「そうかなー」

返事をする大野君も、多分含み笑いをしている。

「電話に出るのが素速いんだね」と、大野君は言う。

「そう？」

「素速いよ」

「そうかなー」

私たちはいつでもこんな感じに、笑い合って話を始める。それからだいたい三十分くらい話をする。

「昨日ね」と、大野君は言った。「野人に会ったよ」

「野人？」

「うん。日本にはまだまだ、いろんな生き物がいるみたいだよ」

大野君は何だか嬉しそうにしゃべった。

「坂本の先輩なんだけどさ、塩ご飯をおかずにして、ご飯を食べるんだよ」

「んー？」

私は、塩ご飯をおかずにご飯を食べる、ということについて考えてみた。

「それはつまり、トータルして考えれば、塩ご飯を食べるってことでいいんじゃないの？」

「違うよ。あくまで塩ご飯はおかずで、ご飯はご飯なんだよ。そこは分けて考えないといけないんだよ」

「どうして？」

「心意気の問題だからね。混ぜちゃいけないんだよ」

「ふーん」

「で、昨日ね、坂本とその人で鍋をしたんだよ」

「鍋か。いいねえ」

「野人は食いだめって感じだったなあ。それも肉ばっかり」

私は三人が鍋をかこむ姿を想像してみた。肉を食いだめする野人を、優しく見守る日時計の二人。

「仲良し三人組って感じだね」

「いや。……それはまずいな」

「どうして？」

「あの人と三人組は危険すぎるよ。完全に社会からはぐれてしまう」

「でも男子ってのは放っておくと、すぐに徒党《ととう》を組むからね」

ははは、と大野君は笑った。

「だけどまあ、もう会うこともないと思うけどね」

「そうなの？」

「多分ね。もう一日でお腹いっぱいだよ」

「そっか」

「野人だからね」

「うん」

「もうすぐ試験だね」

「ああ……」

私たちはいつも三十分くらい話をする。だけど電話を切りたくないときもあって、そういうときには一時間でも二時間でも話を続ける。

タフで大らかで頼もしい男子、という概念は、私を安心させ安定させてくれた。そういうものを愛し、また愛されていると実感することは、調和よりも一段高いレベルの心強さがあった。

その心強さは、私にとって画期的なものだった。

◇

前期の試験が終わり、キャンパスは夏休みになった。

試験はかなりハードだったけど、『熱力学』と『建築法規』を除けば、結果はそこそこ良好だった。後期はもっと上手くやる自信もある。

夏休みの間、私はBと一緒にボウリング場でアルバイトをした。

世の中には二種類の人間がいて、それはマイボウルを持っている人間と、持っていない人間なんだけど、私とBはこの夏マイボウル側の人間になった。

ちょうど良い重さのボウルを購入し、自分の指の大きさや角度に合わせて、ドリラーで穴を開ける。スピンが良くかかるように、穴の間を広く取ったら、ボウルは面白いように曲がるようになる。

私たちは毎朝七時にボウリング場に通い、開店までの二時間、ボウリングをした。

意識してフォームを安定させ、スピンの特徴をつかみ、レーンのコンディションに合わせて軌道をよんだ。イメージどおりのストライクが取れると、他にはない爽快感があった。私たちのアベレージは、百五十を超えるようになっていた。

――ぱからん。

ストライクを取り損なったBが、戻ってくる。

「結局さ、」Bはぼやくように言う。

「何か足りなくて、付き合ったりするんだけど……」

Bはまた彼と別れてしまったらしい。モトモトカレにまたモトをつけるのは、ちょっとはばかられる感じだった。

「ずっと手に入るものなんて、何もないんだよ」

――ぱこっ。

Bはスペアを決め、よし、という感じに拳を握る。

だけど惹かれ合うのはどうしてだろう、とBはよく言う。寂しいだけなのかな、とBは言う。

――ぱからん。

一つのピンを残した私も、首をひねる。どんなに狙っても、私たちは確実にストライクが取れるわけではない。

だけど私たちには二投目があった。スペアなら、じっくり狙えば取ることができる。どれだけスペアで我慢できるかが、私たちには重要だった。

元カナリヤたちは、あのころほど無敵じゃない。あのころより得られるものは多くなったけど、失うものも多くなった。

——ぱからん。

ときどきストライクが出ると、私たちは満面の笑みでハイタッチを交わす。スペアで粘った分、ストライクはスコアを確実に伸ばしてくれる。

大野君は坂本君と一緒に引っ越しバイトをしているそうだった。

だから私たちは夏休み中も、それまでと同じように、週に三回電話をして週に一度デートをしていた。デートは買い物や映画に行くことが多かった。

夏休みの後半に、とても印象的なデートをした。それは暗闇のなかを進む、ワークショップ形式の催し物だった。

会場に着くと、まず知らない人も含めた七人のグループを作った。それから用意された暗闇のなかに入り、簡単な説明を受けた。完全に光のない、まっくらな空間だった。

完全な暗闇は、さっきまで私たちの周りにあったはずの、ちょっとした行動指針や、あたりまえの判断材料や、お互いの存在感のようなものを、素速く奪い取っていった。目の前にかざした、自分の指さえ見えなかった。

そして案内人の声だけが聞こえた。

声は少しずつだけど、失われたものを与えてくれた。行動指針や、判断材料や、お互いの存在感のようなもの。その声に導かれて、私たちはゆっくりと進んだ。

どれくらい歩いたのかはわからない。途中、さまざまな環境を、暗闇のままに体験した。果物に触れたり、水を触ったり、楽器の生演奏を聴いたりした。砂の上を歩いたり、落ち葉の上を歩いたり、寝転がって対話したりした。

最後に暗闇のバーで、冷たい水を飲んだ。まっくらな水が、静かに胃に落ちていった。顔の見えないグループの何人かと、暗闇の感想を語り合った。大野君の声も遠くから聞こえた。

それから徐々に光に慣れていき、外に出た。さっきまで顔の見えなかった人たちの顔を確認し、不思議な感じに挨拶をした。共有した静かな熱のようなものだけが残った。

次の月曜日、私たちはお互い暗闇に身をおき、そこから電話をしてみることにした。私が大野君に、そう頼んだ。

雨戸を閉め切り、部屋をまっくらにした。椅子に深くもたれ、さらに濃いサングラスをかけ、二十三時の電話を待った。

「……もしもし」

暗闇の向こうから、大野君の声が聞こえた。

「どう？　暗い？」

「うん。サングラスもしてるし、目も閉じているから」

「俺はね」と、声が言う。「暗闇でアイマスクをしてるよ」

ふふふ、と自分の笑い声が小さく聞こえた。暗闇でアイマスクをする、私の彼氏。

私たちはなぜだか小声になって、一言一言を発した。ときどき手探りでコップを探し、麦茶を飲んだ。

「あのね、」と私の声が言う。

「夏が終わったら、弓道を始めようと思ってるの」

「へえ」

「今ね、射法八節は、私にすごく馴染むと思うんだ」

「射法八節？」

「うん。知りたい？」

「うん。知りたい」

「まずは足踏み」

「まずは足踏み」

こっちの声に続いて、もうひとつの声が復唱した。

「次は胴造り」

「次は胴造り」

「弓構え」

「弓構え」

「打起こし」

「打起こし」

「引分け」

「引分け」

「会」

「会」

「離れ」

「離れ」

「最後に、残心」

「最後に、残心」

「……好き」

「……好き」

「愛してる」

「愛してる」

声が途切れると、闇はさらに深くなった。

私は目を閉じたまま、矢のようなものを想像した。私たち二人が宇宙に向かって放つ、白い矢のようなもの。

「ねえ、」と私は言った。「何か、心がしん、とすること言って」

「……」

もうひとつの声は、その答を探しているようだった。

「音叉がぽーん、と鳴って、やがて聞こえなくなりました」

「ほほう」と、私は言った。「ちょっとしんとするね」

「……」

もうひとつの声は、また次の答を探しているようだった。

「深海に棲む、小さなエビを食べました」

「ほほう」と、私は言った。「ちょっとだけ、しんとした」

私たちはしばらく黙った。いつの間にか、目は開いてしまっていた。

「じゃあさ、」サングラスを外して、私は言った。

「今度は何か、勢いのあることを言って」

「……」

向こうの声が、また答を探した。

「……もっと光を」

「いいね」

私は暗闇のなかで微笑んだ。闇に目をこらし、その向こうを見ようとした。

「苦悩を突き抜けて、歓喜に至れ」

静かだけど力強い声で、大野君は言った。

「凄い。勢いがある」

彼は第九の第四楽章を、口笛で吹き始めた。

私は高校の音楽の授業で、その歌詞を覚えていた。だから一万人の大合唱の代わりに、小さな声で歌った。

Freude, schöner Götterfunken, Tochter aus Elysium!
（歓喜よ、神々の美しき閃光よ、エリュシオンの娘よ！）

Wir betreten feuertrunken, Himmlische, dein Heiligtum!
（われらは炎に酔いしれて、天空の彼方、あなたの聖殿に足を踏み入れる）

Seid umschlungen, Millionen! Diesen Kuß der ganzen Welt!
（抱《いだ》かれよ、百千万の人々よ！　この口づけを全世界へ！）

私は用意してあったロウソクに火を灯した。目が痛くなるほどの光が立ち上がり、濃くて巨大な私の影が、天井に浮かびあがる。

「恋を突き抜けて、愛に至れ」

彼はまた、静かな声で言った。それは夏の終わりの恋人たちに、とても相応しい言葉のように思えた。

私はじっとロウソクの炎を眺めた。全世界のために、ゆらゆらと炎は揺らめく。

「ねえ」と、私は言った。「大野君も何か歌って」

「……」

彼はしばらく沈黙した。

やがて小さく、歌が聞こえた。

ららーら、ラブ♪　とか、るるーる、恋♪　とか、変な節の歌だった。

◇

秋になり、私は弓道場に通うようになっていた。公営の体育館の裏に弓道場があって、週に何度かは指導者も来てくれる。

一年半、射を行っていなかったため、まずは素引きを繰り返した。私は二時間、矢をつがえず、弓を引き続けた。弦の張力に慣れるに従い、あのころの感覚が内から甦ってくるのがわかる。私は毎週、火曜日になると、その道場に通った。

後期の授業では、多くの専門科目を履修していた。

設計演習の授業では、膨大な量の課題が出た。学生はグループに分かれて、架空の建築プロジェクトに取り組む。授業後には講評会が行われ、互いの設計を批評し合った。課題をこなすのは大変だったけど、毎日は忙しく充実していた。

やりたいことや遠い夢をひねり出すより、使命に生きればいい、と、あるときから私は考えるようになった。自分の使命だったら、いつだって気付くことができる。自分のすべきことなら、実感をもって理解することができる。

今は仮定でいいと思う。

私のこの手に素晴らしい力が宿っていると仮定しよう。

そうしたら、もっともっと先まで歩いていける。

Ihr stürzt nieder, Millionen? Ahnest du den Schöpfer, Welt?
（数多の人々よ、ひれ伏すか？　世界よ、創造主を予感するか？）

去年の今日、私たちはここで出会った。

あのとき二人で見た上村ゼミのモニュメントが、今年も展示してあった。

「去年と同じだね」

後ろから近付いてきた彼が言った。

偶然というには、ちょっと意図的だったけど、私たちは今年もまたここで出会った。

「でもね、ちょっと伸びてると思う」

私はモニュメントの一番上を指差した。それは確かに去年よりも、高く延長されていた。

「そうかな?」

彼はまぶしそうにモニュメントを見上げた。私たちはしばらく黙って、それを眺めた。

「芝生のところに行こうよ」

「うん」

私たちは日時計のところに歩いていった。ケヤキの下には誰かが座っていたので、手前の芝生に座った。

そこからは、文化祭の賑わいがよく見えた。ここに二人で座るのは何ヶ月ぶりだろう。

「あのさ、」と彼は言った。

「ちょっと前に、暗闇から電話したことがあったでしょ」

「うん」

「どうしてだか、あのときから考えていることがあるんだよ」

大野君はまっすぐ前を見ながらしゃべった。

「相手が嬉しかったり、幸せを感じてくれたりしたら、それはもう、自分にとって何より嬉しいし、幸せだなって思ったんだ」

遠くから下手くそなロックバンドの演奏が聞こえてきた。それに混ざるように、屋台の呼び込みの声や、騒ぐ人の声が聞こえる。

「そんなふうに思ったことってある？」

「あるかな……」

私は考えてみた。大野君が嬉しかったり幸せだと感じていたら、私は……、

「うん。それは何より嬉しいし、幸せだな」

ぴゅう、と彼は口笛を吹いた。音はきれいに秋の空気に溶けていった。

「だとしたらね、これは凄いよ」

とても単純だけど、私がそれまで考えもしなかったことを、彼は説明してくれた。つまりそれはこんなことだった。

――どっちが先でもいい。例えば大野君が嬉しかったり幸せだと感じたりすれば、それは私にとって何よりの幸せになる。私が幸せを感じるということは、それはまた大野君にとって何よりの幸せになる。そのことはまた、私の幸せの源になる。そのことはまた、大野君の幸せになる。そのことはまた、私の幸せになる――。

「……凄い。それは凄いよ」

「でしょ？」

私たちはバカみたいに凄い凄いと言いあった。

「思ったんだけどさ、これって最強のスパイラルじゃないかな？」

「そうだよ。きっとそうだよ」

それは単純だけど、強固で頑丈なスパイラルだった。そういうことが私たちの根本にあるのだったら、もう怖いものなんて何もない気がした。私たちはどこまでだって歩けるし、どこまでだって戻れる。

私たちはこの場所から、あの幾何学的なモニュメントを眺めた。それは静かな熱気を帯び、最強のスパイラルを象徴するように、天空に向かって伸びていた。

◇

十月の末の金曜だった。男子は突然、待たざる電話をかけてきた。

電話の順番が違ったのは、それが初めてのことだった。男子はデートの予定をキャンセルし、今から富士山に登らなきゃなんない、と言った。

なんでも坂本君の先輩で、キドサンという人がいるらしかった。ずっと前に聞いたことのある、塩ご飯の人だった。

　男子は少し早口で、キドサンについて語った。キドサンはどこかから酒を何ダースもかっぱらってきて窓の外に置いている、そんなエピソードから説明は始まった。

・キドサンと大野君と坂本君は、火曜になると一緒に鍋を食べる。
・キド部屋は薄暗い。キドサンは肉ばかりを食べる。肉にキープはない。
・キドサンは気まぐれに吠え、それはときどき響く。
・ミッチーに肩入れするキドサンは、ヨットに敵意を燃やす。
・キドサンは弱い。決して弱いわけではないが、大野君のほうが強い。

「格好いいはずないんだけど、格好いいんだよな」

「へえー」

　つまり大野君は、キドサンのことが好きなんだと思った。

「別に富士山なんて、今登りたいわけじゃないんだけどさ」

　と、大野君は言う。

「でもあの人に誘われたら、俺は行かなきゃなんないんだよ」

「うん」と、私は言った。「行っといでよ、富士山」

電話を置いて、私は考えた。話を総合するに、キドサンってのは紙一重の人だ。格好良さとダメさの境界であぐらをかく、ダメで格好いい人。でもどちらかに絞るなら、ダメな人。きっとキドサンってのはそんな人だ。

キドサンは歩いたこともない道や、立ち塞がっているわけでもない山や、急な崖《がけ》や絶壁を、一息に飛び越えようとしている感じがした。

突破せよ、見たこともない君、と私は思った。私の彼氏の好きなキドサン。

私の頭の中でキドサンは、ひげもじゃだった。だけど目は澄んでいて、なぜだか野武士みたいな格好をして、楊枝をくわえていた。

もしかしたらキドサンは、もう誰も持っていないような刀を持っているのかもしれなかった。古くて新しい、特別な刀。

何か斬るものがあればいいのだけど、と、私は思った。キドサンが辿り着ける場所や、手に入れることができるものは、もう何処にもないのかもしれない。だけどあるかもしれない。それはいつだって、紙一重なんだと思う。

火曜日。

大野君がキドサンと鍋を囲む火曜日に、私は弓を手に取った。

一ヶ月あまりの基礎練習を終え、私は実際に射を行うようになっていた。

平常心と不動心。射法八節。その理想を、正しく引き寄せ、一貫した流れとして保つ。私は背筋を伸ばし、胸郭を広げ、ひかがみを張る。それを繰り返す。届かない反復にこそ、確かさは宿る。

私の彼氏は週に一度、私に会う。それから週に一度、キドサンにも会う。キドサンは吠えるだけで、私はこうして弓を引くだけだった。

キドサンと私は対極にいるのかな、と思った。水と油、陰と陽のように。フォボスとダイモスや、ジーコとベッケンバウアーのように。

どちらとも付き合いのある大野君だけが、誰も知らない場所まで行ける可能性があった。それは単なる彼氏びいきなのかもしれないけど、大野君には無限の可能性がある。ないかもしれないんだけど、あるかもしれない。

大野君は私たち二人を代表して富士山に向かった。私は二人を代表して弓を引こうと思う。

スタンプカードのことを私が考えるようになったのは、あの日、あのとき思ったことに由来している。あれは確か、私のバカな彼氏が富士山に行くと言い出して、それから一週間経った日のことだった。

私たちはいつもと同じように待ち合わせをし、デートをした。

「久しぶり」大野君を見つけた私は言った。

「久しぶり」大野君も少し笑って言った。

春には毎日会っていたし、その後も週に一度は会ってきた。だけど二週間ぶりに会うのは初めてだった。「久しぶり」というのは、私たちの間で初めて交わされた言葉だった。

私たちは映画を観て、そのあと食事をした。

店を出て、ぶらぶらと散歩をした。運河につきあたったので、それに沿ってしばらく歩き、一つだけあったベンチに座った。気持ちが澄まされるような月夜だった。

大野君は周りに誰もいないことを素速く確認した。

私は私の彼氏の、こういう忍者みたいなところが好きだった。そう思ったらちょっと笑いそうになったけど、これからキスをするわけだから笑わなかった。

大野君は、私に顔を寄せる。私たちはゆっくりとキスをする。

彼はいつも、とても優しいキスをした。波打ちぎわで春の波が寄せては返すみたいに。ゆっくりと、柔らかに。

いつもどおりの黄金のタイミングで、私たちは静かに顔を離す。目を開けると、大野君の顔が見える。私は嬉しくなって、ふふふ、と笑ってしまう。好きだ。

「ねえ」

「ん？」

「見られてるよ」

「誰に？」

「月に」

大きな月が私たちの恋を見守っていた。大野君は月を見上げ、嬉しそうな顔をする。

もう一度、私たちはキスをした。今度は短いやつ。

川面を吹き抜ける風が、冷たくて気持ち良かった。

春に付き合いだして、いろんなことを話した。それから私たちは歩き続けている。あのころもっとがっついた感じかなと予想していた大野君は、実際にはとても紳士だった。そんな大野君を育てた、全てのものに私は感謝している。

大野君は川面をじっと眺めた。月明かりに照らされた彼の横顔を見て、私はまた、好きだ、と思った。大好きです。

ぱしゃん、と音がしたので、川面を振り返った。しばらくするとまた同じ音が聞こえた。

「んー」と、私は言った。

「なにかな?」

「ぼらが跳ねてるんだよ、多分」

私たちは水面に目をこらした。しばらくすると、ぱしゃん、と、確かに何かが跳ねるのが見えた。ぱしゃん、ぱしゃん、と次にそれが跳ねたとき、視力二・〇の私の両眼は、確かにその魚影をとらえていた。

「えー」と、私は声を上げた。

「どうして? どうしてこんなに跳ねるの?」

「満月だからだよ」

と、彼は言った。

「満月の夜、ぼらは跳ねるのさ」

彼はとても嬉しそうな表情で私を見た。月明かりの下、彼はとても嬉しそうな表情で私を見た。

そのとき突然思ったのがスタンプカードのことだ。

恋はスタンプカードのようなものだ、と私は思う。

キスをして、好きだと思って、何かをわかり合って、優しい気持ちになって――。

そんなことがある度に、私たちはスタンプを押す。一人で押すこともあるし、二人で押すこともある。スタンプが全て集まったら、次のカードをもらいにいこう。

いつまで続くのかな？　密やかな気分で私は思う。このカードはいつか、かけがえのない何かと交換できる。そんな日がきっとくる。その日まで、私たちは小さな声で歌うのだ。最強の恋のうたを歌うのだ。

子供のころ、ゼッタイって言っちゃだめ、と言われ続けた。

――ゼッタイ見た。――ゼッタイ嫌。――ゼッタイここに置いた。

泣きじゃくる私に、おばあちゃんは優しく言った。ゼッタイって言っちゃだめだよ……。世の中にゼッタイなんてないの。ゼッタイなんてこの世にはないの……。

確かにそうだったな、と、この歳《とし》まで育った私にはわかる。だけど、絶対にって祈りたくなる気持ちは、確かに今ここにある。絶対だって信じる気持ちも確かにある。

だから恋人たちは歌えばいい。絶対に最強な恋のうたを。

誰にも聞き取れない特別な声で。あのスパイラルに守られながら。

かけがえのない何かのために。安らかに。朗らかな気持ちで。

不確かな絶対を祈りに変えて、私たちはどこまでも歩き続けたいと願う。

◇

十一月二十九日。

久しぶりにBとボウリングをした。

夏休みから全然成長していない私をぶっちぎって、Bは二百近くまでスコアを伸ばした。Bは夏以降も、地道に練習しているようだった。

二ゲーム目、私たちの先輩スタッフがやってきて、私にアドバイスをしてくれた。彼はプロを目指しているという噂の、凄腕ボウラーだった。彼のアドバイスどおりに腕の力を抜くと、ストライクが取れたりした。何だか凄い。

そのあと三人でお好み焼きを食べに行った。凄腕ボウラーは、ピンの形にお好み焼きを焼き、私たちを笑わせてくれた。気の利いた冗談を言うタイプじゃないけど、気さくで良い人だった。

「実はね」と、Bは言った。

するとと凄腕ボウラーは食べるのを止めて、私に向けて姿勢を正した。Bと凄腕は、そこで少し笑って脇をつつきあった。

「私たち、最近、付き合い始めたんだ」

お好み焼きのフチからソースがこぼれ、じゅう、と音をたてた。私は心の底から仰天していた。ボウリングカップルとは恐れ入る。そりゃあスコアだって伸びるだろう。

カップルが一番幸せに見えるのは、こんなふうに自分たちのことを友人に紹介するときかもしれない。私は何だか照れてしまって、おめでとうとか何とか、二人を祝福する言葉をもぞもぞ言った。私が一番、照れているみたいだった。

「ねえ、どう思う？」

凄腕がトイレに行っているときに、Bは素速く訊いてきた。

「いいよ。凄くいいよ。でもそれより驚いたよ」

どっちにしても私はいつだってBの味方だ。そしてお好み焼きは、いつだってカップルの味方だ。

「二人合わせて、スコア四百を目指せばいいじゃん」

「いいや」と、Bは笑う。「五百を目指す」

戻ってきた凄腕ボウラーに、ボウリングだこなんかを見せてもらいながら、私たちはきゃあきゃあと騒いだ。今度Bにも、大野君を紹介しようと思った。

昔カナリヤだった私たちは、いろんなやっかいごとを抱えながら、それでも周りの世界を回していかなければならない。なるべくなら機嫌良く。できるなら陽気な感じに。それは昔カナリヤだった私たちの、たった一つの約束だと思う。

私たちはあのころほど無敵じゃない。あのころほど無敵じゃないけど、いつだって私たちは大丈夫だ。男子はいつだってバカで、女子はいつだって欲が深い。男子は溢《あふ》れるほどの煩悩を抱え、女子は悲しいほど甘い物が好きだ。私たちはいつだって真剣勝負だ。いつだって熱烈大車輪だ。

Seid umschlungen, Millionen! Diesen Kuß der ganzen Welt!
（抱かれよ、百千万の人々よ！　この口づけを全世界へ！）

十一月三十日。
射手座の私は誕生日を迎えた。
二十歳になった記念、ということもあって、大野君とお酒を飲むことにした。私たちは神楽坂にある、小さな和食の店を予約した。

「お誕生日、おめでとう」

大野君はごく普通の祝辞を述べ、私に日本酒を注いでくれた。浪人をした大野君は、もう二十一歳になっている。

「ありがとう」

お祝いの日本酒はとても美味しかった。私はもう二十歳だから、お酒の味もわかるのだ。

上品な前菜と数品の料理を経て、鴨《かも》鍋が出てきた。私にはその年初めての鍋だったけど、大野君はもう何度、鍋を食べたかわからないという。大野君たちの鍋に鴨が入ることは絶対にない。代わりに魚肉ソーセージが入っているらしい。

「……魚肉ソーセージ？」と、私は訊いた。「何で魚肉ソーセージなの？」

「結構いいダシが出るんだよ」

「ホントに？」

「ホントだよ」

鍋が少しずつ沸き始めていた。

「だけど鍋ってのは、いいよね」と、大野君は言った。

「鍋は最強の調理法だよ」

何だか嬉しそうに大野君は言った。

私たちは沸く鍋を見つめ、お酒を飲んだ。

鍋が煮えたら、最初に豆腐を食べた。鴨を食べ、ネギを食べ、しいたけや白菜も食べる。

「鴨肉、鴨肉」と言いながら、大野君は鴨を食べた。大野君は全体を通して鴨肉ばかりを食べる。私たちはお酒をお代わりして、また飲んだ。

「あのね、」と私は言った。私は少し酔っていたと思う。

「明日はもう十二月でしょ？」

「うん」

「十二月になったらって、水族館で言ったでしょ？」

「……ああ」

「でも何かね、まだちょっと怖いし、延長してもいいかな」

「いいよ、もちろん」

「じゃあ、三ヶ月後くらいに」

「うん」と大野君は言い、「いや」と言い直した。

「それは決めなくていいよ。いつかさ、そういうときがきっと来るよ」

「……うん」

大野君は最後に残っていた鴨肉を食べた。それは私が狙っていた肉だったけど、許してあげることにした。たとえ恋人同士でも、肉に確保なんかないのだ。

和服を着た給仕のお姐《ねえ》さんが、うどんの玉を持ってきてくれた。ダシをつぎ足し、火力を調整し、最後のうどんが投入された。ぐつぐつとうどんが煮えるのを、私たちは見守った。

しばらくしてダシを充分に吸ったうどんを食べたとき、最強の調理法という意味がわかった気がした。確かに鍋は、最強の調理法だった。

「もしかしたら頃合いなのかもしれないな」

と、大野君は言った。

「頃合い？」

「電話する時間を決めたり、会う日を決めたりするのもさ」

大野君は、ずず、とうどんを啜る。

「もう止《や》めてもいいのかもしれないな」

「……うん」

ずず、とうどんを啜り、私は考えてみた。そうかもしれない。確かにそうかもしれない。

「じゃあさ、明日も会おうか？」

「うん、いいね」

何だか私は嬉しくなってしまった。またスタンプカードのことを考えていた。今日は五つくらい、スタンプを押したかもしれない。


私たちは店を出て、細い路地を進んだ。

「多分さ」と、大野君は言う。

「今までのペースに慣れちゃってるから、これからも歩き方は変わらないと思うけどね」

「うん」

神楽坂は変わった街だった。誰も辿り着けないような細い路地に、洒落た夜の店が点在し、それぞれが不思議に繁盛している。二人並べるくらいの狭い路地を、私たちはゆっくり歩いた。

「大野君は、礼儀正しいんだね」

「礼儀？」

大野君はあからさまに嬉しそうな顔をして、こっちを向いた。

「礼儀ってのはさ、世界三大美徳のひとつなんだよ」

「三大美徳？」

「そう。木戸さんが言ってたんだけど」

「へえ」

「実際のところ、木戸さんに美徳のことを言われたくないんだけどね」

私は会ったこともない、キドサンのことを考えた。

きっとキドサンにスタンプを押してくれる人はいないのだろう。それはちょっとせつないけど、いつかキドサンにもこんな奇跡の夜が訪れるといいなと思う。突然のプレゼントを神様から受け取る夜。もうずっと前から受け取っていたと、気付かされる夜。

「ねえ」

「ん？」

「三大美徳って、他に何があるの？」

「知らない。何だろう」

「親切とか？」

「いや、親切は違うと思うな」

「努力とか？」

「いや、努力も違うと思うな。報《むく》われるようなものは、違うと思うんだよ」

大野君は少し上を向いて何かを考えている。

私たちは、しばらく黙って歩いた。

「……わかったよ」

大野君は、ぽん、と手を叩き、歩みを止めた。

「世界三大美徳。二つめは『仲良し』じゃないかな」

大まじめな顔をして、大野君は言った。

——世界三大美徳の一つ、仲良し。

その言葉はすんなりと、私の腑に落ちていった。もしかしたら一枚目のスタンプカードと引き替えに、私たちはそれを手に入れたのかもしれない。

酔っぱらっていたのもあるけど、私は少し泣きそうな気分になってしまった。

「ねえ、」と私は言った。

「もうひとつは？」

「それはまだ、わからないけど」

私と大野君は手を繋いだ。

もうひとつの世界三大美徳を探して、私たちはまだまだ歩くのだ。

細い路地を抜けると、道が開けて、両側の空が開けた。

右の空に、三日月が斜めに張り付いていた。細い弓形の月が、笑う口に見えた。平坦な夜空が、ぽっかりと笑うように、月は夜空に映えていた。

ねえねえ、と大野君に声をかけてみると、うん、と力強く答えた。わかってる、と言わんばかりに。

「明らかに笑ってるな」

「笑ってるよね」

いつだったか同じような会話を交わした気がするんだけど、どこでのことだったか思いだせなかった。

この坂を下ると神田川で、もっと進むと北の丸公園だ。

私たちは指を繋いで、ゆるい坂を下った。

その五、富士に至れ

独身寮から工場までは、車で十分ほどで着く。その間に信号は二つしかない。

入社して一年間、横浜の本社で実務を兼ねた研修を受けた。そのあと福島の工場に配属され、もう一年が経っていた。

工場では二百名くらいが、医療機器の生産を担当していた。五十名くらいの技術課員や、二十名くらいの資材・物流課員がその生産をサポートする。

ここのところ、ずっと技術課の隣の実験室にこもっていた。不良解析用のデータ採りをし、合間に治具設計をする。現在係わっている機種の生産が海外に移管されるため、その準備作業もあった。

工場には週に一度、ノー残業デーというものがあった。毎週金曜の夕方になると、女性の声で放送が流れた。

——本日はノー残業デーです。身の回りの整理・整頓をして、早めに帰宅しましょう。

どれだけ仕事が詰まっていようと、その日だけは上司からも帰宅するようにと追い立てられた。残業を示唆《しさ》する上司は、組合から目を付けられるのだ。

慢性的に夜遅くまで仕事をするようになっていたから、ノー残業デーは生活に目を向ける良いきっかけになった。自炊をしたり、掃除をしたり、ＤＶＤを借りたりということを、僕はその日にした。

だけど今年の四月から、ノー残業デーは飲みに行く日になっていた。きっかけは高原さんという女の子に誘われたことだった。

高原さんは製造三課で出力画像の検査をしていた。四月の初めに営業からフィードバックがあって、検査内容を追加することになった。僕はその作業手順をまとめ、三課に説明をしにいった。

微妙な判定を要する難しい検査だった。何十枚もの出力画像と見本画像を前に、僕は判定基準を説明した。高原さんは最初は混乱していたが、やがてポイントを理解していった。

「……わかった気がする」

「チェックリストに波の位置を書いておくから、それと②番を見れば判定できるよね」

「うん。大丈夫」

「感応判定のポイントも、手順書に盛り込んでおくから」

「はい、お願いします」

出力画像と見本画像の束を揃え、持ってきたルーペをケースにしまった。

「サカモト先輩」と、彼女は言った。

「今度、飲みに連れてってくださいよ」

高原さんは椅子の座面に手をつき、脚をぶらぶらとさせている。サカモト先輩……。

いいけど、とかそんな感じの返事を僕はした。

「じゃあ、今度」

彼女は笑顔のままに言った。

僕も笑顔をつくり、それじゃあ、とかそんな感じのことを言った。それから荷物をまとめ、製造三課を出た。

サカモト先輩……。技術課の居室に戻りながら、僕は反芻していた。サカモト先輩……。

かつて女子から、そんなふうに呼ばれたことはなかった。だいたい高原さんだって、今までは坂本さんとか、そういう呼び方をしていたように思う。先輩。それはかなり破壊力がある言葉だった。女子から言われると、何か心が沸き立つような感じだ。

しかしまあ、本当に飲みに行くことなどあるまい、と思っていた。だけど金曜の昼休み、食堂を出たところで高原さんに呼び止められた。

「先輩、今夜はどうですか？」

言われた僕は、ああ本当に行くんだ、と思った。

「いいですよ」

「どこで飲みます？」

「あまりこの辺りの飲み屋に詳しくないんだけど」

「私はどこでもいいです」

僕らは取りあえず駅で待ち合わせることにして、それぞれの職場に戻った。


——本日はノー残業デーです。身の回りの整理・整頓をして、早めに帰宅しましょう。


僕は素速く身の回りを整理・整頓して、会社を出た。一旦寮に戻り、それから駅に向かった。待ち合わせ場所に着くと、彼女はすぐに現れた。

僕らが向かったのは、駅の近くのファミリーレストランだった。飲みに行くということとは少し遠い気がしたけど、ディナーのセットを頼んで、ビールを二杯だけ飲んだ。

仕事場の噂話なんかをちょっとしたんだと思う。二時間くらいは話したかもしれない。浮き立つような会話は何もなく、七割は彼女がしゃべっていた。

支払いは僕がもって店の外に出たとき、彼女は「楽しかったです」と言った。

それは良かった、と僕は思った。だけど彼女が続けて、「先輩、来週も飲みましょう」と言ったので驚いてしまった。何がそんなに楽しかったんだろうか。

それ以降、僕らは金曜日になると、同じファミリーレストランで同じような時間を過ごすようになった。

僕はだいたいビールを飲みながら、彼女のマシンガントークを聞いた。そんなふうにして飲むビールはとても美味しかった。こういうのが正しいビールであって、僕が寮で寝る前に飲んでいるのは、ただの缶ビールだった。

「ところでさ」と、僕は問うた。

「なんで君は、毎週、俺なんかと飲んでるの？」

僕は本当にわからなかったのだ。

「えー」彼女は少し体をくねらせるようにした。

「だって、いつもおごってもらえるし」

そうですか、と僕は思った。

彼女は地元の商業高校を出て、そのまま工場に就職していた。社会人になったのは僕より二年早くて、歳は僕より二つ下だ。

サカモト先輩という呼び名はやがて、サカモト君とかサカモッチーに変わってしまった。それはちょっと残念なことだったけど、まあ、仲良くなっているということでもあった。

あるとき一緒に飲んでいると、彼女に電話がかかってきた。

——今、友だちと飲んでるの。

彼女は電話に向かって、そう言った。友だち。僕はそれを聞いて、実は少しほっとしていた。異性と一緒にいて友だちって感覚は、僕にはわからない。だけど彼女が友だちって言うんだったら、それで良かった。

僕にとって友だちは、大野や小川だった。木戸さんは友だちだろうか？　何かちょっと違う気もするけど、まあ友だちなんだろう。

——刹那を生きろ。

あの人の言葉は、今でもときどき頭をよぎる。あの人の言うことに意味なんかないけど、あの人の言葉はときどき僕を鼓舞する。あの人は僕の中で、一つの概念となって生き続けている。

「ねえ、サカモト君」ファミリーレストランで彼女は言った。

「明日、ドライブしようよ」

「ドライブ？」

ドライブというのは、おごりおごられるものとはちょっと違うし、どうして彼女がそんなことを言うのかわからなかった。だけどとにかくドライブしたいと言うので、翌日、二人で白河に向かった。

白河には特に変わったものはなくて、行って戻ってきただけだった。なのに彼女は帰り道、

「来週もどっか行こう」と言った。不可解だった。

「どっかって、どこ？」

「どこでもいいよー」

彼女は、けらけら笑いながら、行こう行こう、と言った。

それから僕らは、土曜日にも会ってドライブをするようになった。行き先は本当にどこでもいいようだった。

彼女は車中、モトカレの話をした（ファミリーレストランでは、なぜかその話題は出ない）。彼女はシートベルトをいじりながら、モトカレとの思い出を語った。

注意して聞いていると、どうやらモトカレにも1と2がいるようだった。多分、3もいるんだろうな、と思った。もしかしたら、4もいるかもしれない。

モトカレの話をする工場の娘は、僕なんかよりずっと大人に思えた。恋愛力が僕なんかとは

大きく違う。

これから出会う全ての女性にも、モトカレなんてものが付いてくるんだろうか。そう考えると、少し気持ちの底のほうがざわざわとした。


四月に初めて飲みに行って、今はもう七月だった。

もう随分、二人でいろんなところに行ったし、ほとんど毎週、飲みにも行っていた。これはいくらなんでもアレなんじゃないか、と、僕は思うようになっていた。でもそんなアレじゃないだろう、とも思っていた。

彼女と飲むビールは、いつもとても美味しかった。それは大野や木戸さんと酒を呷ることとは、全く種類の違うできごとだった。だけどファミリーレストランで飲むビールなんかじゃ、ちっとも酔えないのだ。

その日はいつもと少し違って、隣の市のビアガーデンに来ていた。『梅雨明けだから』という理由だった。もうビールは何本飲んだかもわからなくなっていた。

「あのさあ、」

再び僕は問うた。

「なんで君は、俺と飲んだり、ドライブしたいの？」

「えー」彼女は枝豆のカラをいじりながら、小さく答えた。

「だって楽しいし、サカモッチーは優しいし」

「もしかしてさ、」

僕はメガネのブリッジに手をやり、くいっと上げた。

「高原さんは、俺のことが好きなんじゃないの？」

「うん、好きだよ」

彼女は少し笑って、僕を見た。

「好きってどれくらい？」

「これくらい」

彼女は人差し指と親指をいっぱいに広げた。

「それは、友だちとして好きってこと？」

「うん」

そうですか、と僕は思った。

僕は自分の指を広げて、眺めてみた。十八㎝。いや、十五㎝くらいかもしれない。多分、飯塚さんも樋口さんも遠藤さんも、僕のことを十五㎝くらいは好きだったのだろう。

僕はビールのお代わりを頼んだ。結局何杯飲んでも、ビールなんかじゃ、たいして酔えるわけじゃないのだ。

「でもそれだけじゃないよ」

随分しばらく経ってから、彼女は遠い声で言った。独り言のような、言い方だった。

どういうこと？　と反射的に訊きそうになって、僕は口をつぐんだ。考えてみたら、僕は彼女に訊いてばかりだった。

――自分で考えろ。

あの人の声が耳の奥で鳴り響いていた。


僕らはまたドライブをした。

彼女はいつもと変わらず、助手席で勝手にＣＤをかけ、何かしゃべっては、けらけら笑った。七月の磐越自動車道に、車は少なかった。

自分で考えた結果、やっぱりアレだった。僕はこの子が好きで、この子も多分、僕のことが好きなんだろう。もしかしたら違うかもしれない。だけど違ったとしても、僕は彼女に告白なり何なり、するべきだった。

だけど、それで気持ちを確認しても、どうしてこの子が自分のことを好きなのかわからない。何となくそれは永遠にわからない気がする。きっと僕よりも、そのモトカレとやらのほうが、彼女にはお似合いな気がする。

この子はそのうち飽きるんじゃないか、そんな気持ちが僕の思考を停止させる。もしかしたら僕は、この子が僕に飽きるのを、望んで、待っているんじゃないかとさえ思える。

僕といるとき、彼女は喜んでいるように見える。だけど彼女がそうしているのは、何かのちょっとした気まぐれで、本当のことじゃないんじゃないだろうか。

——気まぐれとマグレ以外、この世に何があるんだよ。

あの人ならそう言うだろうか？　そう言って、僕に蹴りを入れてくれるだろうか？

◇

七月最後の週のことだった。

大野から久しぶりの電話がかかってきた。多分、一年ぶりくらいだと思う。

「おい」と、大野は嬉しそうな声を出した。「富士に行くぞ」

何でもそういう指令が、木戸さんからあったらしい。
富士山――。僕は遠い富士を思った。あのとき登ることの出来なかった霊峰富士。また来ようぜ、と約束した富士山。頭を雲の上に出し、四方の山を見降ろす、四年ぶりの富士。あのとき僕らの視界の全てを占めていた、雲海――。

◇

「火曜日？」

と、彼女は言った。

「会社は休むの？」

「うん」

僕らは土曜日のドライブをしていた。車は那須高原に向かっていた。

「木戸さんに呼ばれたら、俺たちはどんなときでも行かなきゃなんないんだよ」

「どうして？」

「それは俺にとって、何より優先度が高いことなんだよ」

「ふーん」

彼女は前を見たまま、シートに深くもたれかかった。ルームミラーに映る彼女は、フジサン？　キドサン？　バカミタイ、という顔をしていた。

木戸さんは僕と大野が四年生になったとき、大学を中退してしまった。あの人がまともな企業に就職できるわけはないし、それはそれで良かったんだと思う。

地道な努力をする人ではないから、今だって何をやっているかわからない。あの人は自分の未来について、根拠の乏しい楽観しか持っていなかった。『そういうのはもう終わった』って言ったくせに、その先を提示することなく僕らの前から姿を消してしまった。

だけど今、富士山に登るってことは、木戸さんにとってそういう契機だってことだ。終わったそのあとを、そのあとの何かを、突破するってことだ。

そしてそれはきっと、僕や大野にとっても何かの契機に成り得るんだと思う。俺たちは木戸さんに示唆され続けてきた。示唆するのもされるのも、本当はきっと無意識の意志なんだと思う。偶然は必然で、必然は偶然なんだと思う。

「何だか嬉しそうだね。サカモッチーは」

「そう？」

「そのキドサンってのは、恋人よりも大切なの？」

「いや」と、僕は言った。「そんなことはないよ」

僕は大野とその彼女のことを思いだしていた。木戸さんはあの二人に対して、何というか敬意のようなものを払っていた気がする。

「だけど俺に、恋人はいないからね」

「ふーん」

彼女はまた、フジサン？　キドサン？　バカミタイ、という顔をした。

車は赤坂ダムの隣を過ぎる。もう少し先に、キョロロン村というものがあるらしい。キョロロン村って何だろうか……。

「私ね、」しばらくして彼女は言った。

「今、モトカレに誘われてるんだよ」

「何かサーフィンの大会があるんだって」

彼女はシートベルトをいじりながら、しゃべった。

「サーフィン？」

「うん。それでね、見に来てくれないか、だって」

「ちょっと待って。サーフィンって何？」

「何って、サーフィンはサーフィンだよ」

「海で波に乗るやつ？」

「そうだよ」

「サーフィン？」

「うん」

「……サーフィン」

僕は車を減速させていた。

路肩に寄せて、ハザードランプをつけ、ゆっくりと停車する。

どうしたの？　という顔で、彼女がこっちを見る。

「サーフィン……」

僕はギアをＰレンジに入れ、ブレーキを引いた。隣をミニバンが通り過ぎていった。

「ねえ、どうしたの？」

「サーフィンって、あのサーフィンだよね」

「そうだよ」

「じゃあモトカレは、サーファーってこと？」

「うん。それよりどうして車停めたの？」

「サーファーか……」

僕はステアリングから手を離し、溜め息をついた。

「何？　サーフィンが、どうかしたの？」

「……ごめん」と、僕は言った。

「サーフィンだけはダメなんだよ」

彼女は、驚いた顔で僕を見た。

「何それ？」

「サーフィンだけは、許すわけにはいかないんだよ」

彼女はしばらく黙ったあと、小さく声を出した。

「……サカモッチーには関係ないと思うんだけど」

「いいや。関係ある」

僕はゆっくりとメガネを外した。フレームを折り畳み、胸のポケットにしまう。

あの日、僕らは誓ったのだ。これから僕らに何が待っているかはわからない。環境が変わればポリシーだって変わる。だけど、マリンスポーツだけは許してはならない。マリンスポーツ男にだけは、絶対に後《おく》れをとってはならない。良い悪いじゃない。俺たちは殴りあってまで、それを守ったのだ。そうだよな、大野。そうですよね、木戸さん。

視力は〇・一もなかったけど、僕はそれでも彼女をしっかりと見つめた。

「僕と付き合ってください」

「……」

彼女は多分、驚いた顔をしていたと思う。

「好きです。付き合ってください」

もう一度、僕は言った。

「……うん。いいけど」

と、彼女は言った。

「でもなんで？　なんで今言ったの？」

「いや、本当はもっと早く言わなきゃならなかったんだ」

「ふーん」

と彼女は言い、ちょっと笑った。細かいところまでは見えないけど、可愛い笑顔だ。

「私も好き」

「どれくらい？」

「これくらい」

彼女は右手の人差し指と左手の人差し指で、この前よりちょっと大きな範囲を示してくれた。

二十㎝。いや、三十㎝くらいだろうか。

「でもサカモッチーさ、」

彼女は首をかしげた。

「どうして今、メガネを外したの？」

「ん？　全然外してないよ」

「外してるじゃん」

彼女は僕を指さし、けらけらと笑った。

喜んでいるのだろうか？　僕は不思議な気持ちになった。思いもよらないほどの浮き立つ気分が、くすぐったかった。

しばらく笑い合ったあと、僕はまたメガネをかけた。ギアをDレンジに戻し、那須高原に向けて車を走らせた。

参考文献『改訂英作文の栞』（山口書店刊）

本作は、「突き抜けろ」の章のみ、アンソロジー『I LOVE YOU』（祥伝社刊）所収のものを加筆改稿しました。そのほかの章は、書き下ろしです。

交差点で騎馬戦をしたり胴上げ行為をすることは、道路交通法により禁じられております。くれぐれもマネをしないでください。

（作者）

中村 航（なかむら・こう）

69年岐阜県生まれ。第39回文藝賞を受賞しデビュー。第26回野間文芸新人賞を受賞。

「始まりの三部作」として、『リレキショ』（河出書房新社刊）、『夏休み』（河出書房新社刊）、『ぐるぐるまわるすべり台』（文藝春秋刊）を発表。

続いて『100回泣くこと』（小学館刊）を刊行。

公式サイトwww.nakamurakou.com/

絶対、最強の恋のうた

２００６年11月20日初版第一刷発行

著者　中村 航
発行者　佐藤正治
発行所　株式会社小学館
〒１０１-８００１ 東京都千代田区一ツ橋２-３-１
編集　０３-３２３０-５７２０
販売　０３-５２８１-３５５５
ＤＴＰ　株式会社昭和ブライト
印刷所　文唱堂印刷株式会社
製本所　株式会社若林製本工場

ISBN 4-09-386177-3